HELGE SCHNEIDER

Orang Utan Klaus

Helges Geschichten

Kiepenheuer
& Witsch

Verlag Kiepenheuer & Witsch, FSC® N001512

1. Auflage 2015

© 2015, Verlag Kiepenheuer & Witsch, Köln
Alle Rechte vorbehalten. Kein Teil des Werkes darf in irgendeiner
Form (durch Fotografie, Mikrofilm oder ein anderes Verfahren)
ohne schriftliche Genehmigung des Verlages reproduziert oder unter
Verwendung elektronischer Systeme verarbeitet, vervielfältigt oder
verbreitet werden.
Umschlaggestaltung: Barbara Thoben, Köln
Umschlagillustrationen und Autorenfotos: © Helge Schneider
Zeichnungen im Innenteil: © Helge Schneider
Gesetzt aus der Stempel Garamond und Letter Gothic
Satz: Buch-Werkstatt GmbH, Bad Aibling
Druck und Bindung: CPI books GmbH, Leck
ISBN 978-3-462-04833-9

Das Buch

»Als ich zum ersten Mal in Frankreich war, der Hauptstadt von Paris, saß ich in einem von diesen leckeren Straßencafés, die mit Glas überdacht sind wie eine Vitrine, wo man, wenn man drin sitzt, hochgucken kann, durch das Dach durch, in den Himmel hinein. Es war ein wunderschöner Maitag, der Himmel hatte die Farbe Blau gewählt, um uns zu imponieren. Die Blumen blühten in den Vasen mit aller Gewalt ...« So beginnt Helge Schneiders berühmte Paris-Geschichte, die er in immer wieder neuen, fantastisch-verrückten Varianten seinem Konzertpublikum zwischen zwei Liedern erzählt hat – so wie die vielen anderen Geschichten, den »Orang Utan Klaus«, die »Kontaktlinse vom Wal«, den »Schweden-Urlaub«, Geschichten über Tierparkbesuche, die Erdkrustenerwärmung, das Eheleben, eine Nordpolexpedition oder das Schneeschippen. Endlich nun also das Buch, das die besten Geschichten aus 30 Jahren versammelt, schönstens illustriert vom Meister der Zeichenkunst, nämlich von Helge Schneider selbst.

Der Autor

Helge Schneider, Autor, Musiker und Clown, geboren 1955 im Ruhrgebiet. Tritt regelmäßig auf den Bühnen dieses Landes auf und überrascht seine Fans stets mit neuen Einfällen. Nebenbei schrieb er bisher zehn Bücher in der KiWi-Taschenbuch-Reihe.

Inhalt

Vorwort	7	Der Papst	62
Die Lupe	9	Kartoffeln	64
Hannover	16	Weihnachten	67
Hoher Besuch (1)	18	Meisen	69
Beethoven (1)	20	Schnitzereien	71
Gitarre	22	Damals	74
Erzgebirge	27	Farbfernsehen	75
Sergeij Gleithmann	29	Im Zoo (2)	79
Labskaus	30	Groupies	87
Star	33	Amundson	88
Trance	34	Schönheitsfarm	89
Schwedenurlaub (1)	38	Kindergarten	92
Die schöne Umwelt	40	Familie	95
Im Zoo (1)	42	Omas	97
Hoher Besuch (2)	44	Meine Trompete	98
Roger Whittaker	46	Wende	100
Die kleinen Kinder	48	Beethoven (2)	101
Luftveränderung	52	Ein Pferd	103
Mein Geld	54	Waldthriller	110
Asbest	56	Jacques Cousteau	115
Im All	58	Volkshochschule	120
Wahlen	60	Meine Band	122

Berufswahl	126
Auf Wiedersehen	129
Hamburg	131
Die Liebe	133
Las Vegas	137
Fernsehen	141
Orang Utan Klaus	145
Schwedenurlaub (2)	149
Pariserzählung	156
Literaturkreis	161
Beneluxländer	165
Der Clown	168
Der viereckige Hai	170
Der viereckige Trompeter	172
Trennungen	174
Eine Rose ist eine Rose ist eine Rose	178
In der Garderobe	182
Band-Aids	184
Philosophie (1)	186
Philosophie (2)	188
Pubertät	191
Seemann mit Tätowationen	194
Tierlieb	198
Philosophie (3)	199
Das alte Reinhold-Helge-Spiel	201
Der Rabe, ein Gedicht	208
Nachbarn	210
Videoclip (1)	212
Videoclip (2)	214
Im Orient	217
Tiere	221
Die Gazelle	225
Beethoven (3)	228
Wochentage	231
Beethoven (4)	233
Kreuzworträtsel	236
Im Zoo (3)	238
Die spanische Gitarre	240
Ein Witz	242
Im Kaufhof-Restaurant	243
Konzert in Würselen	246
Als Gott der Herr die Erde schuf	249
Amerika	253
Pete Yorck	258
Idole	260
Im Oma-Café	263
Beethoven (5)	266
Die Erde ist rund (1)	268
Die Erde ist rund (2)	270
Schönheitsoperationen	271
Verabschiedung	274
Danke	277

Vorwort

... Ich habe es immer abgelehnt, dass man in welcher Form auch immer meine Dienstreden der Öffentlichkeit präsentiert! Durch dieses Buch wird die ganze Schwere meiner kraftvollen Sprachauswüchse durch die gedruckte Form erhöht! Das wollte ich niemals zulassen, allein wegen der Gefahr, Nachahmer könnten es in völlig falscher Diktion weitergeben und damit eine ganze Generation dem Gespött der nachfolgenden Generationen aussetzen! Doch nun, nachdem ich das Buch (gezwungenermaßen, denn dieses Buch ist von selbst entstanden, ohne dass ich dazu etwas zu sagen habe) in eigenen Händen halte und überrascht bin ob der unwillkürlichen Obszönität meiner eigenen, längst vergessenen Worte, entscheide ich um: Dieses Buch, fast schon das Buch eines Gelehrten, ist die Erscheinung, die es bisher noch gebraucht hat! Mit letzter Tinte, so drückte es einmal mein Freund Günter Grass aus, hat der Verlag die Seiten dieses Buches bestimmt. Ohne mein Zutun! Genial! Ich, der ich die Freiheit über alles liebe und deshalb frei habe, komme zu dem Entschluss, dass es nichts braucht als Buchstaben, um eine tief schürfende Kraft zu übersetzen. Die Kraft, die aus den Zeilen kotzt.

Helge Schneider, im April 2015

Die Lupe

Viele Leute denken sich ja: Komisch, hier auf der Bühne sind ja gar keine Videoleinwände wie bei Marius Müller-Collins. Nein, das brauchen wir nicht. Ich habe eine Lupe mit, damit ihr mich besser sehen könnt! Die hab ich im Urlaub gefunden, am Strand von Honolulu. Das ist eine kleine, schöne Insel, mehr oder weniger ein Einland. Spiegeleierbau. Eine sehr schöne Insel im Pazifik. Den Pazifik kennt ihr vielleicht. Den Atlantik auch. Pazifik ist aber woanders. Der Atlantik fängt in Holland an und hört in New York auf. Der Pazifik ist auf der anderen Seite von New York und geht bis zum Kaukasus, Indien, China, Italien, diese Länder dort am Hindukusch. Afrika, Australien. Neuseeland ist auch zu empfehlen – rudern. Achter mit Steuermann, immer Weltmeister. Ich habe früher ja auch mal gerudert. Leider nur mit einem Einer und in der Kreisliga. Aber ich will nicht zu viel vom Sport erzählen.

Also, diese Lupe hier habe ich gefunden, am Strand von Honolulu, eine sehr schöne Insel. Aber es gibt ja auch noch andere Inseln, z. B. Sylt. Und ich ging da also entlang, ich hab

den Kinderwagen – ich hab ja ein kleines Kind – am Wasser abgestellt und wollte mal ein bisschen spazieren gehen für drei Stunden, es war Ebbe, und wollte mal allein sein mit meinen Gedanken, sofern ich überhaupt Gedanken hege. Im Urlaub habe ich noch nicht mal Gedanken. Das ist so eine schöne Sache, Urlaub. Ich habe eine Woche Urlaub gehabt dieses Jahr. Und da habe ich auf einmal das hier in der Sonne glitzern sehen. In der Abendsonne von Hawaii, die dieselbe Sonne ist wie auf Haiti oder Honolulu. Das ist auch dieselbe Sonne wie hier, komisch, nicht? Aber die Sonne kommt hier zu einem anderen Zeitpunkt über den Erdbuckel, wie der Fachmann sagt, also am Horizont. Aber wir wollen nicht so viel über Erdkunde reden, sondern wir wollen mal wissen, wie es überhaupt weitergeht, Helge, nicht? Ja, das kann ich euch sagen – die Frage war an mich selbst gerichtet. Als ich das hier in der Sonne glitzern sah, da habe ich mir auch die Frage gestellt: Helge, was ist denn das? Ich bekam die Antwort: Weiß ich doch nicht. Eine prompte Antwort von mir selbst gegeben. Das können nur die wenigsten Menschen, dass sie ohne zu sprechen – das spielt sich alles nur im Gehirn ab –, also man fragt sich selbst und kriegt auch gleich die Antwort, auch wenn die Antwort diesmal negativ ausgefallen war. So ist es manchmal im Leben.

Also habe ich mich gebückt, ich dachte, es wäre vielleicht eine versteinerte Qualle, solche Fossile findet man ja oft am Strand. Ich hab zum Beispiel mal eine alte Milchflasche aus dem Tertiär gefunden, das war so ein Knubbel Schildpatt. Oder die Schuhe von Hans-Joachim Kulenkampff, weggerutscht von seiner Jacht im Sturm. Die sind da an Land geschwemmt worden, um genau zu sein in Norddeich Mole, das ist, wenn man von Norderney rüberfährt, aber die waren nicht mehr zu erkennen, nur noch als Algen, als grüne Fäden.

Apropos Algen, ich dachte also erst, es könnte eine versteinerte Qualle sein. Es war merkwürdig, ich konnte meine Hand da durch erkennen, und je weiter ich es weghielt, umso größer wurde die Hand, also musste es eine Riesenqualle gewesen sein, wenn es denn eine Qualle gewesen wäre.

Es gibt ja Quallen, die sind vier Meter im Durchmesser und die Tentakeln acht Kilometer lang. Das ist die Spanische Galeere, eine der gefährlichsten und schnellsten Quallen der Erde. Und ich rede jetzt nur von der Erde. Wir wissen nicht, wie viele Quallen es noch im Universum gibt, sicherlich auch kilometerlange Quallen. Jedenfalls, wer von diesen Tentakeln erwischt wird, ist sofort weg, und zwar acht Kilometer weit weg, zwischen den gelben Zähnen der Qualle, und wird dort verköstigt. Denn Quallen essen Menschen, wenn sie Menschen essen können. Wenn sie das könnten, würden sie das auch tun. Es sind die gefährlichsten Tiere der Welt. Außer Elefantenhornissen, das sind ganz gefährliche Stechtiere, also wie Wespen, nur dreimal so groß. Die sind ungefähr dreimal so groß wie ein Elefant. Die gibt es allerdings nur in der Schweiz ab viertausend Metern Höhe. Diese großen Elefantenhornissen, oder auch Elefantissen.

Ich dachte mir, ich sollte das mal von einem bekannten Fossilologen untersuchen lassen, einem Optologen, der sich damit auskennt, einem Augenoptiker aus Honolulu-Stadt, der dort bis über die Grenzen von Hawaii hinaus bekannt ist. Und zwar handelt es sich um Doctor No Problem. Das ist ein amerikanischer Name, wahrscheinlich ein Künstlername. Seine Eltern kommen aus Belgien – sein Vater aus Lorch am Rhein, also aus Deutschland, seine Mutter aus Dänemark – und haben in Polen studiert. Der Vater ist dann kurzzeitig in die Tschechoslowakei gegangen, um in einem Blumengeschäft versteckt zu ermitteln. Der war nämlich Ermittler. Und die Mutter war in einem Bratapfelbetrieb in Schleswig-Holstein tätig, damals noch für Bauer Hying, der später nach Amerika ausgewandert ist, und die Oma der beiden war bei Mannesmann Hochofenschweißerin.

Das nur mal so nebenbei, um den Werdegang dieses Mannes zu umreißen, letztlich ein Hannoveraner. Hannoveraner sind mit die schnellsten Pferde der Welt. Hans Günter Winkler wusste das zum Beispiel auch sehr genau, deshalb hat er sich auf eine Hannoveraner Stute gesetzt und damit mehrere Goldmedaillen errungen.

Schnell noch ein bisschen Tee. Ich bin Teeist. Ich hatte gerade schon diese Verstauchung hier im Rücken, weil ich zu wenig Tee hatte. Sehr schönes Porzellan. Meißen. Toll. Sehr schön. Eine sehr schöne Arbeit vom Meißner Porzellanmacher. In Meißen habe ich auch gelernt, wie man eine Tasse hält … jetzt hätte ich mich beinahe verschluckt.

Der Doctor No Problem hat das dann also untersucht. Der hat ja die Geräte dafür. Also Lupe, Brille, Pinzette und die ganzen Sachen, Tupfpapierchen und so Lösungen. Und dann haben wir das durchs CT geschickt, also Computertomografie, kennt ihr vielleicht. Viele von euch haben das vielleicht

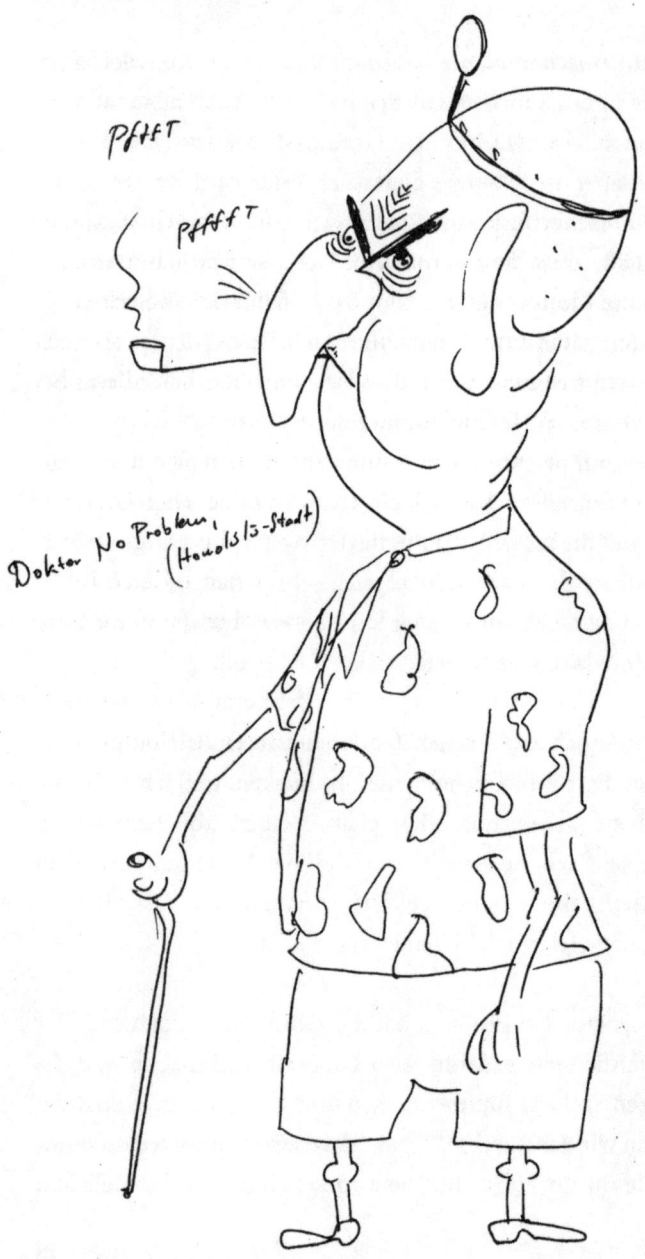

schon einmal machen lassen aus Angst, nichts zu haben. Ich hab's auch mehrmals machen lassen, aber es war immer dasselbe Bild, egal wen ich da reingesteckt habe. Die Firma, das sind ganz schöne Halunken, die haben die Tomografien schon fertig in der Schublade unten drin. Da legt man sich dann rein und dann summt das so und dann kommt die raus, die Tomografie. Und dann sieht man sich selber als Leiche zerteilt und mit mehreren Farben – so, das soll das Herz sein, ist aber der Fuß. Und dann hat man alles, also Diphtherie, Pest, Cholera und so. Damit man schön Aspirin schlucken muss. Das wird dann ja auch von der Kasse bezahlt, wenn auch sonst nichts mehr, habe ich gehört. Ich war neulich beim Arzt und habe kein Geld gekriegt, nichts. Der Arzt saß in alten Filzlatschen und einer durchgescheuerten Cordhose vor mir, ohne Unterhemd und unrasiert, da muss ich schon sagen: Hartz. Egal. Ich wollte jetzt auch mal ein wenig politisch sein. Der Arzt hat herausgefunden, worum es sich dabei handelt. Und zwar war es die Kontaktlinse von einem Wal.

Hannover

Hannover. Die Kulturhauptstadt – im Umkreis von fünf Minuten. War schön. Hannover ist immer schön. Ich weiß noch, wie ich zum ersten Mal nach Hannover fuhr. Ich war vorher allerdings noch nie in Berlin gewesen oder in Köln. Da war ich zum ersten Mal mit meiner Band namens »Bröselmaschine«, das waren so Hascher, da habe ich mitgespielt, an der Orgel. Mit denen sind wir das erste Mal in Hannover gewesen und haben in einem Flohzirkus gespielt, das muss man sich mal vorstellen. Wir waren da in einem Hotel gewesen – wie lang ist das her? 1974, da war ich gerade mal 19 Jahre alt. Und in dem Hotel gab es Flöhe im Bett. Ich musste mir mit dem Bassisten ein Bett teilen, das muss man sich einmal vorstellen. Und dann waren da auch noch die Flöhe. Ich bin die ganze Nacht spazieren gegangen. Und zwar an der Leine, damit ich nicht abhaue.

So weit zu Hannover. Schon damals habe ich mich in diese Stadt verliebt. Was für eine tolle Stadt Hannover war, ich glaube, noch nicht wieder aufgebaut zu der Zeit. Jetzt ist das ja toll hier, mit den Kaufhäusern und so, sehr schön auch die Galeria Kaufhof – wie in jeder anderen Stadt, man kann sich nicht mehr vertun.

Hoher Besuch (1)

Meine Damen und Herren, wir sehen nun die vierspännige Kutsche vorfahren mit den beiden Gemählern. Der König von Spanien Juan Carlos der Vierte und seine Frau Werner. Ilse Werner. Im Hintergrund das Bolschoi-Ballett, dirigiert von Hans Werner Henze, dem Autodidakten. Und da sehen wir den Dalai Lama eintreffen, im Gespräch mit Berti Vogts. Das Thema heute wahrscheinlich wieder Apfelernte in Andalusien leicht gemacht mit den Werbefolien von Telerent. Und da kommt die Urne – der unvermeidliche Mayer-Vorfelder lässt sich hier seine eigene Trauerfeier aus Zeitgründen vorwegnehmen. Er selber schreitet lächelnd hinter dem Trauerzug hinterher, und wir sehen Fürst Rainier von Monaco mit – wie man hier sehen kann – traurig verweinten Augen wegen seiner Fürstin Grazia, nach vierzig Jahren immer noch in Trauer. Und nun beginnt der Gottesdienst. Es spricht Felix Magath. Tonausfall. Mette Marie, dort sehen wir sie mit ihrem kleinen Bruder Hansjürgen Wussow. Die Musik für dieses Spektakel komponierte die Schwester von dem Freund von der Schwägerin von George Michael, die auch hier mit Elton John zusammen ein Bild hat.

Die vierspännige Kutsche fährt jetzt vor der Kathedrale von Celle vor. Der Bürgermeister von Wesel gibt seine Audienz. Wir sehen im Hintergrund Johannes Hesters sitzen – als Einzigen. Er bewegt sich nicht. Dort der Agha Khan und natürlich wie immer dabei Soraya neben Helge Schneider und dem Chefredakteur der Gala. Und nun kommt der letzte der Beatles, ein bis jetzt unbekannter Mann, der früher bei den Beatles mitgespielt hat, bevor die Beatles sich kennengelernt haben. Er liest nun in der Ansprache von Frano Nero »Django«.

Beethoven (1)

Ich möchte jetzt noch ein Lied von Beethoven spielen, einem der ganz Großen unserer Zeit, möchte ich sagen, denn unsere Erde ist ja Milliarden Jahre alt, und die Menschheit existiert ja noch nicht so lange. Und so ist es ja eigentlich erst vor ein paar Minuten gewesen, wenn nicht vor ein paar Millisekunden, wenn man mal das ganze Universum sieht. 1802 ist das geschrieben worden, was ich jetzt von ihm spielen werde, also vor zweihundertzwei Jahren. Er hat sehr viele Sachen geschrieben, die ich persönlich sehr gut finde. Beethoven ist einer der ganz großen Komponisten. Auch Mozart war sehr gut. Aber Mozart lebte vor Beethoven. Der kam aus Bonn, wo er geboren worden ist. Er hat die Mondscheinsonate komponiert, die kennt ihr wahrscheinlich, die ist ja ganz berühmt. Viele Leute verdienen heute daran auch Geld. Beethoven selber hat davon keinen Pfennig bekommen, weil damals gab es noch kein Geld, da gab es nur Salz und Pilze. Kurz vorher wurde die Kartoffel eingeführt, kurz danach gab es aber schon ein Einfuhrverbot für Kartoffeln, weil die deutschen Bauern selber Kartoffeln anpflanzen wollten. Die hatten nämlich selber eine Kartoffel erfunden, die dem dicken Zeh von König Ludwig dem Vierzehnten nachempfunden war.

Die Zeit um Beethoven war also eine sehr umstrittene Zeit. Beethoven war ein richtiger Revoluzzer. Er ließ sich die Haare wachsen, wo andere keine hatten. Die Grafen – und auch Händel, dieser auch ganz berühmte Mann –, die trugen ja diese riesigen Perücken und waren geschminkt anstatt gewaschen. Die hatten ihr Leben lang nicht ein einziges Mal Wasser gesehen. Das galt nicht als chic, baden zu gehen, das machten nur die armen Leute. So wie wir hier alle. Die richtigen Könige, die schissen in die Ecke, nur das gemeine Volk hatte Toiletten. Die Könige machten nicht ihre Notdurft, daher kommt auch das Wort – von Not und dürfen –, also in der Not durfte man da hinmachen.

Ich spiele jetzt die Mondscheinsonate. Eigentlich hatte er sie selber nicht so genannt. Das haben die Fans gemacht, er hat auch einen Fanklub. Es gibt auch viele Videos von ihm. Nächstes Jahr, da werde ich fünfzig, kommt auch ein Video von mir raus, das heißt »Helge beim Arzt«. Ist aber nur CD. Beethoven hat auch ganz andere bekannte Kompositionen gemacht. Die Fünfte ist eine seiner berühmtesten. Die hat er extra für den elften Finger geschrieben.

Gitarre

Ich habe hier eine sehr schöne Gitarre. Die war mal weiß, und ich will euch die Geschichte erzählen, wie es dazu gekommen ist, dass diese Gitarre jetzt so schön bunt ist. Ich stelle sie erst mal wieder hin. Sieht ein bisschen doof aus. Hallo, das kann umkippen. Egal. Auf jeden Fall war die Gitarre mal weiß. Ich war im Kaufhof in der ersten Etage, da war ich lecker essen. Es gab falschen Rehrücken, der wird aus Formfleisch von ehemaligen Fischen hergestellt, also genauer gesagt aus Fischimitat, eine Art Fischmehlersatz aus Polymethylen und Polyesterharz-Soße. Das wird zu einer flockigen Form vermengt, damit man es essen kann, und da rein legt man dann Einlegesohlen von Stöckelschuhen von Frauen, die in der Oper waren, und die sie abends in Sektlaune aus ihrem Porsche herausgeschmissen haben. Die, die innen diese dreieckigen Abdrücke haben von den Apollo-Hühneraugen-Pflastern. Die werden mit den Fingern zerrieben und auch mit verarbeitet. Nach drei, vier Jahren ist solch eine Sohle gar nicht mehr viel wert. Und das zusammen mit dem Polyester-Erzeugungsmittel aus dem Müllcontainer, von den letzten Resten herausgekratzt, wird dort dann verkauft als Essen. Und ich muss sagen, das sieht auch gut aus. Denn auf dem falschen Rehrücken, also auf dieser Masse, ist ein Foto von einem richtigen Rehrücken draufgepappt. Und das Essen kriegt man gebracht mit dem Wort: »Da!« Und man fragt sich: Wo haben die denn das schöne Foto her von dem Rehrücken? Das ist sicher so ein Fall, wo der Fotograf ruft: »Yeah, Baby! Ja, gut so! Zeig deinen Rücken! Ja, du schaffst es! Du bist wer!«, oder wie die das immer bei den Mannequins im Fernsehen sagen, bei den Mordserien, wenn die die Mannequeens fotografieren, und dann kommt der Kommissar und sagt: »Da war eine Gräte im Essen«, oder der Mörder hat seine Zigarette in dem Essen ausgedrückt, und durch die Bluttests wird dann … ach, ich kenne alle diese Sendungen. »Arithmetik« heißt die eine, oder nein, »Autopsie«. Talk Talk Talk, eine sehr schöne Sendung. Egal, ich schwoff gerade etwas ab, Entschuldigung. Sehr schön die Fotocollage von dem Rehrücken, wahrscheinlich war die aber auch falsch. Wahrscheinlich hat die Tante Margot sich von hinten fotografieren lassen. Die hat auch so ein bisschen einen Rehrücken, da sie ja ziemlich behaart ist dort hinten.

Das Ganze jedenfalls sehr lecker im Reisrand, mit Nudeln und Kartoffelbrei. Dazu gibt es Pellkartoffeln und Bratkartoffeln, Kartoffelklöße, Reibekuchen und Pommes, und zu guter Letzt kommen Gnocchi und Kartoffelsalat. Eine sehr schöne Mischung, die zusammen durch den Wolf gedreht und im Eimer umgestürzt wird und dann, wie gesagt, dem Gast mit den Worten: »Da!« serviert wird. Das Schöne ist, man kann dort mit Studentenausweis zum selben Preis essen wie die anderen Leute auch. So kommt man nie in den Verruf, Student zu sein oder es nicht zu sein. Das ist ja beides schlimm.

Auf jeden Fall saß ich da und saß und saß und saß. Ich hatte die Gitarre auf den Knien. Ich kam gerade vom Rockunterricht »Rock ohne Hose«, das wird in der Volkshochschule angeboten, wo man ein paar Griffe lernt, die man zu Hause seinen Kindern vorspielen kann, und dann sagen die Kinder: »Okay, Alter, ich bleib noch ein paar Monate zu Hause wohnen.« Da sind die stolz auf einen, weil man so ein paar Griffe kennt von Deep Purple oder wie die heißen. Jedenfalls sitze ich da mit der Gitarre, als ein stadtbekannter Zahnarzt reinkommt, und ich denke mir, den kenne ich doch irgendwoher.

Das war so ein Notzahnarzt. Die Zahnärzte heute sind ja auch nicht mehr so reich wie früher. Die fahren nicht mehr in den Golfklub an die Algarve. Die spielen auch gar kein Tennis mehr. Die spielen zu Hause mit ihren Kindern Tipp-Kick, mit ihren Fingern, und als Fußball nehmen sie einen Popel oder so. Jedenfalls, so einen Notzahnarzt ruft man nur am Wochenende an, wenn man nicht zum Zahnarzt gehen und vor lauter Schmerzen nicht mehr sprechen kann: »Hmpfmgmerzensahargh.« – »Ja? Wie heißt die Straße noch mal?« – »Hmpfrahgahtpf.« – »Ah ja. Kaiserstraße 14. Der Doktor kommt sofort.« Der setzt sich dann auf sein Fahrrad oder Gehrad – wer etwas auf sich hält, besitzt heutzutage ja ein Gehrad, das ist so eine Mode, die wiederkommt, wie zum Beispiel Kukident und diese Sachen. Toupet, angeklebter Schnäuzer, falsche Nase, so etwas. Dieser Zahnarzt kommt dann zu einem nach Hause und haut einem mit Hammer und Meißel in den Mund – die Zähne, die man runterschluckt, die sind sowieso nicht mehr so gut – und kassiert die Praxisgebühr, obwohl er ja gar keine Praxis hat.

Und dieser Zahnarzt kam da also rein und ich dachte mir noch, was hat der für einen riesigen Pickel am Hals, und der fummelte daran herum, während er immer näher kam, bis er auf meiner Höhe war, wo ich gerade meinen schönen falschen Rehrücken verspies. Und der drückte an diesem riesigen, reifen, dicken Pickel herum, und in letzter Sekunde habe ich mir geistesgegenwärtig die Gitarre vors Gesicht gehalten, und aus diesem Grund hat die nun diese eigenartige Rock-Färbung. Ich muss sagen, das steht ihr ganz gut. Es ist einfach so: Die schönsten Geschichten schreibt doch das Leben selbst. So etwas kann man nicht erfinden.

Erzgebirge

Die wenigsten wissen, dass ich aus der DDR komme. Vor zwei Wochen war ich da. Das wird ja jetzt »Neue Länder« genannt, da meint man, da wäre alles neu geformt, das Land wäre neu, das heißt, da war vorher nichts. Jetzt sind da neue Länder. Ich war im Erzgebirge gewesen, eine der schönsten Gegenden dieser Gegend. Ich muss sagen, die Bäume und Sträucher haben mir sehr gut gefallen, auch die Menschen dort und die Autos und die Straßen. Und ich habe aus dem Erzgebirge ein sehr schönes Lied mitgebracht.

Dort hat ja die Holzschnitzerei praktisch ihr Zuhause. Viele Leute kennen die Sachen, die man zu Weihnachten geschenkt bekommt. Diese Weihnachtspyramiden, wo man die Kerzchen ansteckt, bei denen man aber vorher die Transportsicherung losmachen muss, sonst dreht sich das nicht, und wenn man dann in die Kirche geht und dann nach Hause kommt, brennt das Haus lichterloh. Dafür hat man diese Transportsicherung. Nein, ich wollte euch nicht erschrecken, so gläubig waren wir nicht, dass wir uns zu Weihnachten aus dem Haus bewegt hätten.

Aber jetzt war ja Ostern gewesen. Ich habe da im Radio im Deutschlandfunk viele Sachen gehört, die wusste ich noch gar nicht. Über die Ostergeschichte und die Leute, die da mitmachen, wie heißen die noch, Maria und Josef und die alle. Ergreifend.

Wie gesagt, die Leute machen dort Holzschnitzereien, so Wurzelmännchen mit Bärten. Auch unser Bundeskanzler, der Merkel – es ist ja so ein Leichtes, über diesen Mann zu lachen, bloß weil er so feminin wirkt –, der hat auf dem Fensterbrett diese Wurzelmännchen neben seinen Hydrokulturpflanzen und einem Weihnachtsstern, der leider verblüht ist. Es gibt aber auch schöne Männchen aus Stein. Das ist ein Stein, auf dem klebt noch ein flacher Stein, auf dem ein Gesicht draufgemalt ist. Das sieht sehr schön aus, auch mit den Füßen – es könnte auch ein Maikäfer sein oder einfach zwei Steine, die da liegen.

Sergeij Gleithmann

Hier kommt unser Freund aus der Ukraine, aus Kiew. 1984 spektakuläre Flucht im Einmachglas. Zuerst nach Borneo. Von dort aus mit einem Birnendampfer als Birne Helene nach Rotterdam. Zwei Jahre dort im Hafen gearbeitet als Kran. Dann entdeckt worden von Elena Berger für Sexspiele nach Feierabend. Nach drei Monaten hatte er die Schnauze voll und hat in der Zeitung inseriert: »Ballettheini hat noch Termine frei (ehemaliger Kassenwart im Bolschoi-Ballett)!« Und wir haben ihn sofort mit auf Tournee genommen, bevor er von Milva wieder auf Tournee genommen wird, denn dort war er ein Jahr lang als Erschrecker tätig. Privat für Milva, bis sie eingesehen hat, dass sie dafür auch selber in den Spiegel gucken kann.

Labskaus

Als ich ein kleiner Knirps war, das war 1960, da wusste ich nicht, dass Bremen hier in dieser Gegend liegt. Ich dachte, Bremen wäre Fantasie. Wegen der Bremer Stadtmusikanten. Ich besaß früher ein Buch von meiner Oma, da waren die Stadtmusikanten abgebildet und auch Teile von Bremen. Und da habe ich gedacht, das wäre nur ein Dorf mit alten Häusern, wo man durch die Altstadt gehen und Aale aus Töpfen essen kann. Meine Fantasie war so groß, dass man durch die Altstadt geht, und vor der Altstadt ist die Weser, über die führt eine moderne Brücke, und ich habe mir vorgestellt, man kommt in die Altstadt und da gibt es ganz schmale Straßen mit Fachwerkhäusern, und da kann man grüne Aale essen aus so einer Eisenpfanne. Und mit dieser irrwitzigen Vorstellung bin ich dann nach Bremen gekommen.

Oder Labskaus. Das gibt es ja gar nicht. Labskaus ist für Seemänner die Verspeisung. Bremen liegt ja ein bisschen weitab vom Meer. Wenn ihr Labskaus noch nicht kennt: Da ist Kartoffel drin, da sind Zwiebeln drin, da ist Blutwurst drin, da ist jeder Fisch aus dem Müll drin, das ist jeder Kladderadatsch drin, was die Küchenschabe fallen lässt. Da sind Kakerlaken drin. Das ist ein monumentales Mischmahl, das wird zusammengemischt und dann ordentlich Schnaps, ist klar. Erst mal das Zeug hingestellt und Mut angetrunken. Einmal hingeguckt, einmal gekotzt. Schnell Schnaps, Schnaps, Schnaps. Ein Fass Schnaps mit Strohhalm. Dazu ein kleiner Kuchenlöffel. Rein damit, und diese große Terrine aufgegessen und Mutprobe gewonnen. Aber tot.

Das war jetzt mal für feine Leute gesprochen. Aber wir sind keine feinen Leute und können ruhig einmal Labskaus essen, das ist gar nicht so schlimm. Man kann auch nur Kartoffeln und Zwiebeln nehmen. Kartoffeln stampfen, Butter rein, ein bisschen Milch drüber, Salz und Pfeffer, ein bisschen Petersilie, Möhren dazuschrubben und eine Bratwurst braten. Da hat man ein ganz anderes Gericht, das ist auch lecker.

Oder man lässt einfach die Kartoffeln weg und nimmt einen Topf heißes Wasser, tut da Spaghetti rein, am besten Miracoli, und rührt dann aus dem Plastik das Rote zusammen und ein bisschen Butter und die Gewürze. Zack, da drüber, aufgegessen, die Kinder sind beruhigt. Das war der schönste Tag im Leben, wenn man früher Miracoli essen durfte. Von Tante Erna das Geschlonz, das konntest du nicht runterkriegen. Da ist Labskaus ein Feinheitsessen gegen. Obwohl das auch wieder nicht stimmt, ich habe das nur gesagt zum Lachen. So schlimm war es auch nicht.

Und wenn ich jetzt eine Heiße Hexe sehe, dann hole ich

mir so einen Hamburger und versuche, dieses Creutzfeldt-Jakob zu kriegen. Damit ich nicht so eine Außenseiterrolle habe. Und so geht das Leben langsam vorbei. Ein Viertel ist jetzt um bei mir.

Star

Ich habe mir heute gedacht: Hey, kommst du mal im Pullover. Dann bin ich einer von euch. Ein normaler Mensch. Das ist das Schöne an mir: Ich bin berühmt und ein Spitzenpianist, sagenhaft und einer der Größten – und dabei so gescheitert. Das ist das Sympathische an mir. Das ist eine Seltenheit. Der Star zum Anfassen. Sagt das Schneiderlein. Aber Anfassen ist leider nicht, tut mir leid. Wenn ich gleich hier durchgehe, bitte nicht anfassen. Ich habe Krebs. Da kann man ruhig mal einen Spaß drüber machen. Den kriegen wir wahrscheinlich alle. Vor allem hier in Bremen. Das dürft ihr noch nicht wissen, aber ich habe gehört, dass das Chemiewerk ... aber gut, da wollen wir jetzt nicht drüber reden. Ich habe auf jeden Fall ein Verbot bekommen, hier hin zu fahren. Die Bremervörde und so ... Ganzkörperkrebs.

Trance

Dieses Lied heißt Je t'aime. Dazu habe ich früher zum ersten Mal versucht, auf der Tanzfläche eine abzuklatschen. Die war mit jemand anderem am Tanzen, der war mehr so eine Ecke, und ich fand die super gut, die Alte. Die hatte einen Minirock an, der war selbst für damalige Zeiten verhältnismäßig kurz, er hätte also auch ein Gürtel sein können. Lange Haare, dunkelblond, ein bisschen wie gerupft. Und die hatte ihr Gesicht angemalt, mit Lippenstift und so Augen. Und dazu lief Je t'aime, und bei der Melodie dachte ich mir: Jetzt. Egal wer da gerade mit ihr war, das war die Melodie, die ich so gut tanzen konnte. So ein Klammerblues. Das gibt es heute so gar nicht mehr, einfach zu einer Unbekannten gehen, die umarmen, abknutschen, die Hand gleitet von oben in den Rock – knack, geht der Knopf auf –, und dann in die Hose. Weiter will ich jetzt gar nichts sagen. Jedenfalls kommt dann der Nächste: abklatschen und »Darf ich dann mal?«.

So war das früher. Heute ist das ganz anders. Heute wird man wahrscheinlich von der Schule abgeholt, dann gibt es Schulbusse, in denen werden den Leuten die Ecstasy-Drogen in de Kopp reingedrückt. Dann eben kurz nach Hause Schularbeiten, der Bus wartet draußen, dann zack die Kinder wieder alle in den Bus und dann in so ein Loch wie hier. Da wird dann Musik aufgelegt. Da gibt es jetzt einen neuen Stil, der heißt Trance. Und das ist so Musik, da muss ich sagen: Nein. Total langweilig. Man kriegt noch nicht mal einen hoch, wenn man mit einer Frau auf der Tanzfläche tanzt, weil das alles so klinisch ist, so chemisch. Und dann wird man von den Eltern wieder abgeholt, nur gibt es zu Hause keine Haue mehr, sondern einen Eintrag ins Klassenbuch. Heute wird das ja alles ganz anders gemacht. Ich muss mich da mit der neuen Zeit wohl ein wenig verbünden.

Und deshalb habe ich einen neuen Song dabei, der ist ein bisschen so wie Trance-Musik. Danach gehe ich nach Hause und bahne mir den Weg hier durch die Menschenmassen. Der Abend war schön. Ich will aber langsam nach Hause. Die warten dort mit dem Essen auf mich. Dreihundert Kilometer ist ja nichts für unsereins. Mein Wagen fährt dreihundertvierzig, wenn ich so richtig auf die Pinne trete. Früher habe ich nie Ferrari fahren wollen, aber wenn man Freunde hat, die einem einen vor die Haustür stellen und sagen »Hier, dein Geburtstagsgeschenk«, und dann kommt noch einer mit einem Ferrari, »Ach, haste schon einen gekriegt?«, »Ja«, »Ach, dann nimm doch zwei.« Schnell die Doppelgarage aufbauen, und schon fahre ich mal mit dem einen Ferrari, mal mit dem anderen Ferrari. So macht das Leben noch Spaß.

Man ist ja unter sich, wenn man so ein Star ist wie ich und Ferrari fährt, Lotus und Lamborghini, und ein eigenes Flugzeug hat, so wie ich. Ich hab die Maschine gekauft von dem

Idi Amin, das ist ein Bekannter von mir aus Afrika gewesen. Ich weiß gar nicht, wo der abgeblieben ist. Der war ja ziemlich dick, und die ganzen anderen in dem Land waren dünn. Und da haben die den wahrscheinlich irgendwann zum Platzen gebracht. Ich hab die Dokumentaraufnahme gesehen in dem Film, wo die dem in dem Schwimmbad die Patrone reingesteckt haben und der dann hochgegangen ist wie eine Rakete. Mit Roger Moore war das gewesen. Man muss jedenfalls nicht Freund sein von Idi Amin, wenn man das Flugzeug fliegt.

Was gibt es sonst noch zum Starruhm zu sagen? Um mich werden natürlich unheimlich viele Geschichten geflochten. Zum Beispiel, dass ich nicht so hübsch wäre. Das ist oft so, dass diese Lügenmärchen auf den Tisch kommen. Oder dass ich nur einen ganz kurzen … na ja, ich habe Angehörige, die das Gegenteil beweisen durch Momentaufnahmen, also Fotografien, die an die Presse weitergegeben werden. Es ist mir auch ein bisschen peinlich.

Zum Alkohol muss ich sagen: ein schlichtes, einfaches Nein. Mit Zigaretten habe ich versucht aufzuhören, ihr seht es ja hier an diesem Plakat [Bitte nicht rauchen]. Wir können es jetzt abreißen. Wenn ihr wollt, könnt ihr eine rauchen, damit die hier im Laden mal ein bisschen Schmutz haben. Locker, Freiheit, eine rauchen, am Raucherbein eingehen. Die Freiheit ist wichtiger. Wer rauchen will, soll doch rauchen.

Ich habe nur eine Bitte an euch, und zwar: Lasst mich bloß in Ruhe, wenn ich jetzt hier durchgehe.

Schwedenurlaub (1)

Meine lieben Damen und Herren, liebe Kinder, ich war im Urlaub. Es war nur in der Fantasie, weil ich spare. Das ist eine gute Möglichkeit, wenn man nicht so viel Geld hat. Urlaub zu machen in aller Herren Länder. Mit der Fantasie kommt man ganz schön rum. Man muss nur Mut haben. Ich war sogar schon mal in Schweden gewesen. Ein herrliches Land. Mehrere Millionen Quadratmeter groß, liegt in der Nähe. Ist gar nicht weit, selbst ohne Fantasie – wenn einer keine Fantasie hat und deshalb mit dem Zug fährt. Oder mit der Eisenbahn. Einem Luftschiff. Raumpatrouille.

Schweden ist ein herrliches Land. Die Fjorde sind dort NICHT, sondern nebenan in Norwegen. Aber trotzdem hat Schweden auch einiges zu bieten: nackte Weiber Entschuldigung, man kann sich ja mal vertun, aber das denken die Leute hier seit dem Film »Szenen einer Ehe«. Schweden ist aber ganz anders, denn es gibt dort auch original »Schwedische Happen«. Das ist eine Art Fisch, Hering, klein geschnitten in mehrere leblose Teile, die »matjeniert« werden und dargeboten in sogenannter »Happenform«. Dazu

Zwiebelringe, und das alles muss natürlich in Rotwein aufgetaut werden.

Das Schöne an Schweden ist, es ist dort ein halbes Jahr Tag, ein halbes Jahr Nacht und ein halbes Jahr Morgen. Die Schweden sind ein lustiges Volk. Sie haben Tierliebe, der Torero ist Spanier. Trotzdem sind die auch gerne dort zu Gast geheißen. Deutschland ist ja zum Beispiel nicht so groß. Saudi-Arabien ist wesentlich größer als Deutschland, und es gibt dort wesentlich viel mehr reinen Sand.

Doch zurück zu Schweden. Ich komme aus Schweden von einem wunderbaren Urlaub, der drei Monate gedauert hat. Denn in Schweden geht man zu Elch anstatt zu Fuß. Da es aber zu wenige Elche gibt, warten die Leute monatelang auf ihren Elch.

Die schöne Umwelt

Als ich so alt war wie ihr, hätte ich mich niemals hierhin gewagt. Ein so schöner Platz wird demnächst hier wegrationiert werden. Oder wegrationalisiert, wie man's möchte, sollte man es überhaupt mögen. Ein Schild sagt: Hier wird gebaut. Siemens, oder wie die auch immer heißen, fängt an, hier zu bauen und zu produzieren. Waffen, wie immer. Die Welt ist schlecht, und wir sind gut. Deshalb können wir etwas daran ändern. Hindert alle! Mit diesem Satz entlasse ich euch heute Abend in die schöne Umwelt, die geschädigt ist. Auch von euch. Von uns allen. Aber, was soll man machen? Man kann etwas daran tun. In der Toilette nicht sofort immer alles abziehen. Abwarten, zwei, drei Tage, bis es sich bis zum Rand hochgearbeitet hat. Dann erst Wasser verbrauchen. Oder sich mal ein Pullöverchen mehr anziehen. Nicht immer die Heizung auf acht. Es reicht, wenn die Heizung die Einstellung hat: Schneeflocke. Sparen lernen! Leiste was, dann haste, kannste, biste was! – Ein Satz, den mir Tante Erna eingebläut hat. Ich widme diesen Abend allen Tanten dieser Erde. Und wie gesagt, ich habe heute nur einen Tango gespielt, morgen spiele ich vielleicht zwei. Wer morgen kommt, denkt sicherlich, wenn er die zwei Tangö hört: Es hat sich was geändert.

Meine Damen und Herren, liebe Kinder, bald ist Weihnachten. Ich wünsche euch alles Gute. Und vielleicht kommt auch mal ein Briefchen zu mir mit etwas drin, denn ich bin in finanzieller Not. Ich verabschiede mich mit einem Satz von Friedrich Nietzsche: Wer die Axt im Walde zulässt, ersetzt noch lange nicht den Zimmermann.

Im Zoo (1)

Ich war 1957 zum ersten Mal im Tierpark. Meine kleine Schwester Kerstin war sieben Jahre jünger. Sie war nicht dabei. Ich interessierte mich sehr für Tiere. Ich war damals ein zwei Jahre alter Bub, kannte Tiere allerdings nur aus dem Radio, aus der Sendung »Zwischen Rhein und Weser«. Da wurde der Elefant als »groß und grau« beschrieben und die Giraffe als »langer Hals«. Diese Tiere wollte ich auch einmal aus allernächster Nähe sehen. Also begab ich mich mit meiner Familie in den Tierpark. Damals war das Füttern noch nicht verboten, und man sah Leute, die bei den Elefanten einfach so einen Kasten Bier reingeschmissen haben. Oder ein altes Sofa, und der Elefant: »Ah, lecker Sofa, hmmm.« Der hat das dann gegessen und ist umgekippt und lag dann da eine Woche auf der Seite, mit der Verdauung des Sofas und der Sprungfedern beschäftigt. Aber er hat überlebt.

Elefanten merken sich ja alles. Als ich neulich im Zoo war, hat der eine Elefant mich sofort wiedererkannt: »Hallo Helge! Na? Lang nicht gesehen! Wie geht es? Sofa hab ich fast verdaut.« Die Leute haben auch ihre Schwiegermutter in den

Bärenkäfig geschmissen. Hinter den Graben. Die hatte die Familie noch eingeladen, und dann haben die die da reingeschmissen. War aber ein schneller Tod ohne Schmerz. Der Bär machte nur zack und weg. Das geht ruck, zuck. So ein Bär ist so schnell, das kann man sich gar nicht vorstellen. Blitzschnell war die auf einmal weggegessen, die Frau.

Flamingos waren auch da. Aber der eine Elefant ist mir als Erstes ins Auge gefallen. Das war sehr schmerzhaft für einen zweijährigen Bub. Die Flamingos standen da so schön mit ihrer Haltung – die machen immer so eine Vier –, da habe ich mich schön drüber kaputtgelacht. Einer stand dazwischen mit so dicken O-Beinen – der Wärter hatte sich eine rosa Strumpfhose angezogen und eine Gurke als Nase ans Gesicht geschnallt. Eine Hängegurke. Der hat versucht, mit den anderen Flamingos Kontakt aufzunehmen: »Hrr, hrr, krr. Na, alles klar? Langer Weg von Afrika hierher, ne?« Oder: »Du auch hier?« Und: »Ich bin ja auch Flamingo. Komm, lass jucken. Willste 'n Ei legen? Dann komm mal her.« So blöde Sachen halt, einfach nur total plump.

Hoher Besuch (2)

Meine Damen und Herren, da fährt die Limousine von Catherine Deneuve, und wir sehen die Queen im Fond sitzen. Der rote Teppich wird soeben ausgerollt, meine Damen und Herren, und jetzt fliegt die Kamera einmal über die Szenerie hinweg, und man sieht, wie schön sich die Kathedrale in die Stadt Bochum eingliedert. Jetzt müsste die Queen eigentlich aussteigen, aber wir haben ja noch ein wenig Zeit. Das Protokoll dauert ja auch ein wenig. Karenzzeit. Die Kamera schwenkt einmal über die Prominententribüne, meine Damen und Herren. Unten links in der Ecke sehen wir Uschi Glas mit ihrem acht Jahre jüngeren Freund. Daneben leere Bänke. Dort der ehemalige Bundesaußenminister Hans-Dietrich Genscher zusammen mit Tatjana Gsell, nach einer erneuten Operation, die beiden Flügel stehen ihr ganz gut. Und da sehen wir auch den Dalai Lama im Gespräch mit Jens Jeremis. Die Musik für dieses Spektakel schrieb übrigens ein Verwandter der ehemaligen Schulkollegin von Elton Johns Bruder. George Michael ließ durch einen Brief verlauten, dass er nicht kommt. Und da kommt auch schon die vierspännige Kutsche mit der Lafette mit der Urne von Prinz Philip, meine Damen und Herren, der hier seine Trauerfeier vorfeiern will, da er wenig Zeit hat. Er weilt zurzeit in Amerika bei einem Polo-Länderspiel. Und jetzt tritt die Queen aus dem Auto. Das Trittbrett gibt ein wenig nach, und der rote Teppich wird ausgerollt. Meine Damen und Herren, jetzt gibt es kein Halten mehr. Die berittene Polizei muss einschreiten. Mit Schlagstöcken wird die Menge niedergeprügelt, sodass die Queen über den roten Teppich, der auf der Menge liegt, schreiten kann. Und nun geht es auch schon flott in die Kathedrale. Die Queen trägt gelbe Skischuhe und eine braune Strumpfhose, von der Firma Dior gestiftet, und dazu einen dunkelgrünen Jersey-Rock von Jersey Ilany, eine Jacke aus Stahl, aus einem Stück gegossen in der Friedrich-Wilhelm-Hütte, auf der steht ganz deutlich in Großbuchstaben »IG Metall«. So macht die Queen auch ein wenig Werbung, meine Damen und Herren.

Wir schauen einmal in die Kathedrale hinein. Dort vorne sitzt Pierre Brice. Der Altar musste dem Mercedes weichen, der von der Firma Becker hier gesponsert wurde. Und jetzt sehen wir am Himmel, ja, meine Damen und Herren, das ist der Fesselballon, der heute Morgen auf dem Petersplatz pünktlich um vier Uhr dreißig gestartet ist. Er ist angekommen, wer hätte das gedacht. Ein Jubel geht durch die Menge. Und jetzt brauchen wir eine Nahaufnahme, meine Damen und Herren. Was ist passiert? Meine Damen und Herren, Sie können es selbst sehen: Der Papst hängt tot über dem Korb. Mal sehen, was unser Kollege aus Lettland dazu gibt. Nein, nur eine vier Komma acht. Das reicht nicht. Das ist noch nicht einmal die Bronzemedaille.

Roger Whittaker

Roger Whittaker wollte wieder auf Tournee gehen und ist doch wieder zurückgetreten, aus gesundheitlichen Problemen. Seine Frau wollte, dass er wieder auf Tournee geht. Sie saugte immer um ihn herum. Er saß den ganzen Tag auf der Couch. Hat sich ein Schloss gekauft mit 68 Zimmern und hat die selbst tapeziert. Danach ist er zusammengebrochen. Dann ist seine Frau hingegangen und hat die ganzen Zimmer noch mal tapeziert. Es war nur ein Zimmer versaut, weil er sich immer mit dem Kopf an die Wand gelehnt hat. Hinter dem Sofa war ein Fettfleck, und damit die Übergänge von Zimmer zu Zimmer stimmen, hat sie alles neu tapeziert. Raufaser. Hat mit der Rolle gestrichen. Sehr viel Arbeit.

Immer wenn sie um ihn herum saugen wollte, hat er sich ein bisschen angestellt, hat dann aber doch irgendwann die Füße hoch gemacht, und dann kamen die Silberfische hoch und sind in alle Richtungen gerannt. Und dann hat die gesagt: »Jetzt geh mal wieder auf Tournee.« Sie hatte schon schöne Plakate gemacht, und jetzt geht er doch nicht auf

Tournee, wie ich gehört habe. Wegen seiner Krankheit. Er hat da so eine Krankheit. Herzprobleme oder so. So kann es kommen.

Die kleinen Kinder

Wenn ich die dreijährigen Kinder hier sehe, denke ich gerne an meine eigene Kindheit zurück. Es war natürlich eine andere Kindheit, als wie ihr das erlebt, ihr kleinen Kinder, ihr Bälger, ihr kleinen Kacker. Heute ist das ja so, die Kinder sitzen im Schlafzimmer rum und sind schon mit BTX und so verkabelt, haben ihre Computer, ihre Hardware und Software und Mittelware. Und haben im Schrank auch ein paar Panzerfäuste und so was alles schon. Das war ja ein Traum für uns gewesen. Eine eigene Haubitze oder ein U-Boot. Das wär's gewesen. Wir wussten ja nicht, wie schlimm das eigentlich ist. Und so haben wir uns irgendwie anders geholfen. Ich weiß noch ganz genau, als ich drei Monate alt war, ging das: zack, Tür auf, Tritt in den Arsch, raus. Schön draußen spielen den ganzen Tag, im nassen Gras rumlaufen im November. Obwohl, laufen konnte ich ja noch nicht. Gekrabbelt auf allen vieren. Und dann hatte ich eine schöne, hellgelbe gehäkelte Windelhose an. Also über der Windel, damit die Windel hält. Früher gab's ja nicht diese Pampers, da ging das noch alles mit Stoffwickeln. Ich weiß noch, mit vier Monaten konnte ich mich selber wickeln. Das ging morgens ganz professionell und dann: »So, tschüss, ich geh dann mal raus.«

Heute haben die Kinder statt Freunde den Bildschirm und eventuell dieses kleine Pferd mit den langen Haaren zum Kämmen. Pony Ilse oder so, ich weiß nicht, wie das heißt. Barbie-Pony. Was hätten wir damals gegeben für so ein kleines Ding. Aber die Erfindung war da einfach noch nicht gemacht. Wer wäre denn damals in den 50er-Jahren auf die Idee gekommen, dass Kinder mit so einem Stück Plastik spielen wollen? Dass die da ihre Fantasien reinsetzen in das Kämmen der Haare? Wer hätte denn damals an so eine verdoofte Scheiße gedacht? Oder an Gameboy? Wer hätte denn riskiert, diese Gicht-Daumen schon als Zweijähriger zu haben? Mit so Höckern drauf, so Überbeine in unmäßiger Anzahl? Haben die Kleinen heutzutage. Natürlich nicht ihr. Ihr seid ja auf dem Land geboren. Hier ist es ganz anders. Hier geht man morgens raus, und der Bauer steckt den Stecker in die Schweinenase und rasiert sich. Und wenn man mal ein Kotelett will, dann fragt man das Schwein: »Hör mal, krieg ich mal 'n Stück von deinem Arsch?« So einfach geht das. Dann nimmt man das weg, mit Narkose, und dann näht man das wieder zu. Man kann ja als Mensch kaum vom Klee leben.

Ich bin damals auf allen vieren durch den Klee gerobbt, zwölf, sechzehn Stunden. Mein Freund war der Laubfrosch, der Igel Harry und Bambi. Bambi das Reh, das ich nie zu Gesicht bekam. Wir wussten zwar, es wohnte im Wald, aber da wohnte auch der Schinderhannes. Da durfte man nicht hin. Da war so ein kleines Gebiet, da lag alles rum, Abfall, ein paar Handgranaten, Zehn-Zentner-Bomben, Hundert-,

Tausend-Zentner-Bomben, Tausend-Tonnen-Bomben. Gut, da stand ein kleines Pappschild, auf dem stand: »Betreten verboten«, aber da haben wir uns nicht drum gekümmert.

Unsere Spiele bestanden eigentlich nur aus hauen. Denn wir hatten kein Spielzeug. Heute sehen die Kinderzimmer aus wie Kinderspielzeuggeschäfte. Früher wäre dies ein Ding der Unmöglichkeit gewesen. Die Eltern hatten auch gar kein Geld, auch noch Kinderspielzeug zu kaufen. Es reichte doch schon, wenn im Wohnzimmer ein Stuhl stand für sechs Personen. Oder zumindest eine umgedrehte Dash-Trommel, worauf man saß. Wenn Besuch kam, stand der Rest, der Besuch durfte sitzen. So war das wirklich gewesen. Wir hatten zum Beispiel kein fließend Wasser, sondern nur sitzend Wasser. Aber all das ist lange her.

Draußen musste man sich behaupten, schon als kleiner Bub von drei Monaten. Ich weiß noch, einer aus unserer Straße, der Sigismund, der hatte vier Bauklötze. Da war aber immer Security dran, da gab es keine Möglichkeit, überhaupt daran zu kommen. Den haben wir natürlich gehasst, aber man kam nicht dran, denn er durfte nicht raus. Wegen der Bauklötze. Die Eltern haben ihn praktisch eingemauert, damit er wenigstens mit seinen Bauklötzen spielen konnte und die anderen Kinder die nicht anfassten, die Bauklötze.

Wir haben unsere Kämpfe von Anfang an locker ausgefochten. Der Stärkere hat meist gewonnen. Der hat dem Kleineren einfach ein Bein ausgerissen, und dann ist er triumphierend zu seiner Mutter gerannt und hat am Küchenfenster mit dem blutigen Stumpf an die Milchglasscheibe gehauen. Und dann hat die rausgerufen: »Brav, Helge«, oder wer auch immer das dann war. »Schön gemacht! Bring mir doch noch ein Bein!« Dann ist man mit dem Bein zurück, und dann hat der andere gesagt: »Ich nehm's dir nicht krumm, nimm noch ein Bein.« Und dann haben wir aber gesagt: »Nee, komm. Wir machen das wieder dran.«

Es war eine sehr schöne Zeit, muss ich sagen. Vor allem für den, der da Bein nahm. Besser als für den anderen, das kann man jetzt schon sagen. Wir hatten auch noch keine Probleme mit der Berufswahl. Ich wollte zum Beispiel schon immer Förster werden. Aber ich bin es dann nicht geworden, weil ich ja entdeckt wurde, und zwar von mir selbst. Ich habe mich selbst entdeckt. Und deshalb bin ich hier. Ich will ein paar Witze machen.

So. Das waren ein paar Geschichten aus meiner Kindheit, die ich erzählen musste, wo ich die kleinen Kinder dort gesehen habe.

Luftveränderung

Es gibt heute ja kaum noch Tanzschulen. Es gibt zwar noch welche, aber die Leute interessieren sich eher für andere Sachen. Nämlich für nichts. Sparen heißt die Devise. Ich habe im Fernsehen eine Sendung gesehen, da hat einer, wenn er von seinem Bauernhof in die Stadt fuhr, den Beifahrersitz ausgebaut, weil der so viel Sprit verbraucht. Und die Miri, die wohnt bei mir in der Nachbarschaft, die habe ich heute Morgen gefragt: Warum hast du denn deinen Beifahrersitz ausgebaut und in den Kofferraum getan? »Ja«, sagte sie, »das habe ich neulich im Fernsehen gesehen. Da verbrauchst du nicht so viel Sprit.« Sie hat dann auch Apfelsaft getankt, weil der sich mit dem Benzin gut verträgt und vermischt. Apfelsaft ist ja auch billiger als Benzin. Und schmeckt besser. Aber Dieselöl, das schmeckt total beschissen, ist aber trotzdem so teuer. Ich verstehe das nicht. Verkehrte Welt.

Die genmanipulierten Maisfelder habt ihr sicher schon gesehen. Das ist jetzt leider nicht mehr zu vermeiden, weil eine Firma da ein Patent drauf hat. Deshalb werden wir demnächst alle ein bisschen aufpassen müssen, damit wir nicht

Genfood essen, um nicht nachher eine sogenannte Gen-Futt zu bekommen.

Schön hier heute, dieser hohe Raum. Wenn man da oben sitzt, muss man aber doch ein bisschen schwindelfrei sein, oder? Ich war jetzt schon mal im Gebirge gewesen, aber, wie gesagt, nur über Internet. In der Gegend, wo ich wohne, gibt es auch solche Opernhäuser. Dort könnte man, wenn die Bühnen größer wären, sogar Ben Hur spielen, mit Wagenrennen und so weiter. Oder die tausend Stunden von Indianapolis.

So. Wir haben uns jetzt langsam eingespielt hier. An die Luft gewöhnt. Die Luftveränderung ist ja immer etwas, was uns Künstler entweder zu ausufernder Präsentation der eigenen Kunst heraufbeschwört oder aber auch einknicken lässt. Ihr kennt das ja: Man fährt in den Urlaub und hat plötzlich unglaublichen Hunger. Das ist die Luftveränderung. Wenn man hierher nach Lübeck kommt, erlebt man auch eine unheimliche Luftveränderung. Man hat plötzlich unheimlichen Durst. Viele Künstler haben dann angefangen zu trinken. Wir müssen uns zusammenreißen. Wir haben Trockenbier mit. Das schmeckt so ekelhaft, dass man das nicht trinken will. Oder man muss rauchen. Ja, die Zigaretten. Es ist so, man kann gegen die Sucht nichts machen, ich kann den Mann da drüben sehr gut verstehen. Gerade wenn man erst angefangen hat zu rauchen, dann will man auch zu Ende rauchen.

Mein Geld

Ich weiß noch, als ich klein und jung war, da wollten alle Kinder Lokführer oder Kapitän werden. Ich wollte Systemanalytiker werden. Habe ich nicht geschafft, ich habe kein Abitur. Das Abitur ist mir von Anfang an weggenommen worden, weshalb ich heute noch neidisch bin.

    Katzeklo ist ein Lied, was ich vor langer Zeit geschrieben habe. Ich habe damit sehr viel Geld verdient, muss ich sagen, aber jetzt passt mal auf: Dieses Geld – ich weiß gar nicht mehr, wie viel das war, ein paar Millionen waren das schon gewesen –, das hatte ich hinten in der Hosentasche. Und fahre mit der Straßenbahn, mit der Linie acht, die Kaiserstraße hoch. Es ist Sommer, und jemand macht plötzlich das Fenster auf und einer steigt ein, und dann gibt es einen Luftzug und das ganze Geld, was ich mit Katzeklo verdient hatte – weg. Das ist mir erst nicht aufgefallen. Erst als ich ausgestiegen bin. »Wo ist das denn?«, dachte ich. Es musste weggeflogen sein. Ihr glaubt gar nicht, was das für eine Arbeit war und für ein Kunststück, das dem Finanzamt zu erklären. Die wollten ja ihre Steuern davon haben, die sie ja nicht mehr bekommen konnten. Das war ein Pech.

Merkwürdigerweise ist dieses Geld dann nachher in der Schweiz wieder aufgetaucht. Das machen ja wirklich welche. Ich würde das nicht machen. Am besten das Geld sofort ausgeben. Dann können die vom Finanzamt ja gucken, dann hat man eben Schulden. Dann kommt der Schuldenberater, der Peter Zwegat.

Asbest

Die Vögel sind alle schon flügge. Es gibt kaum noch Vögel, die jetzt noch aus dem Ei rausschlüpfen. Die meisten sind jetzt alle um diese Zeit schon flügge. Wir hatten ein kleines Meisennest in der Garage unter dem Asbestdach. Da haben die ihre Kleinen aufgezogen. Das Asbest ist für die Meisen nicht so schlimm, weil die nicht so eine hohe Lebenserwartung haben wie zum Beispiel der Asbest.

Ich weiß noch, als ich ein kleiner Junge war, das war ungefähr 1960, da war es mein großer Traum, einen Asbestanzug zu besitzen. Wie sie die Feuerwehr damals hatte. Damit konnte man durch Feuer gehen. Damit kann man mimen. Das mimt, hat man gesagt. Also Angeberei. Heute redet man ja anders: »Wie geil ist das denn?« »Okaaaaaay.« »Laber.« »Was geht?«

Im All

Da ich sehr vermögend bin, wollte ich mal in Russland, in Kasachstan, da mitfliegen. Mit der Rakete. Es war ein unheimliches Erlebnis. Allein die Reise dahin mit einem Bus bis Moskau im 51er. Mit zwei Mal umsteigen in Dortmund und Haltern. Und dann von Moskau in die Taiga und durch die Taiga durch nach Kasachstan zu dem Kosmonauten-Flugplatz, dem sogenannten Weltraumbahnhof. Und dann bin ich in die Rakete rein. Man sitzt da ganz beengt in einer kleinen Kapsel. Wie auf der Kirmes, wenn du in den Breakdancer steigst. Da müsst ihr mal reingehen, ist super. Danach: Krankenhaus. Man sitzt oben in der Spitz der Rakete, und unter dir ist eine vierzig Meter lange Rakete bis oben hin gefüllt mit Diesel. Ist ja weit bis zu dieser Station, der MIG, nein MIR. Außerhalb der Erde ist ja keine Atmosphäre. Als ich da zu denen da oben in die Kapsel reinkam, machten die so lange Gesichter. Ich hatte keine Lust, lange zu bleiben, wollte aber nicht auf das nächste Shuttle der Amerikaner warten. Ich bin dann einfach so raus. Das ist schon ein Kunststück. Man muss die Haltung einnehmen, die erforderlich ist, um wieder in die Erdatmosphäre einzutauchen. An den Schultern hat man am besten Schulterpolster und da drüber so Kacheln kleben. Gibt es im Baumarkt, normale Keramik. Weil, das ist ja hitzebeständig. Und dann musst du die Schultern so anziehen und dann keilförmig da rein. Ich hatte Glück gehabt. Ich hatte keinen Fallschirm dabei, aber ich habe im Fall die Hose ausgezogen, die umgedreht und mich daran festgehalten. Vorher hatte ich in die Beine noch schnell einen Knoten gemacht. Und es ist gelungen. Ich bin auf den Kakteen von Mexiko aufgekommen.

Wahlen

Steinmetz und Merkel, nein. Angela Merkel und Fidel Castro haben heimlich ein Kind. Von Madonna. Wegen Lionel Richie. Ich habe ja von Politik nicht so viel Ahnung. Ich war 1972 mal Wahlhelfer gewesen, als ich bei der Stadtverwaltung gearbeitet habe. Zu der Zeit ist, glaube ich, Willy Brandt an die Regierung gekommen. Und ich dachte damals immer, das wäre der Junge auf der Zwieback-Packung. Das hat sich bis heute nicht aufgelöst, es gab also kein Dementi. Das kann sogar sein.

Ich habe damals Briefwahlen bearbeitet. Ich saß in der Stadtverwaltung im Keller, und die vom Rathaus haben die Kreuzchen gemacht bei den jeweiligen Parteien, die die Leute per Telefon wollten. Das war ein harter Job.

Jetzt habe ich gehört, es wären wieder Wahlen gewesen. Im Fernsehen sieht man immer Leute, und die sagen »schön« oder »nicht schön«, und man denkt sich, »ja, was denn?«. Und dann kommt endlich wieder was Vernünftiges, Airwolf oder so.

Die Plakatwerbung ist bei den Wahlen sehr wichtig. Bei

uns in Mülheim stand vor der Haustür ein Riesenplakat, da war ein Typ drauf, den hatte ich noch nie gesehen. Mit Namen, aber keine Partei. Irgendwann gewöhnt man sich an den Typen. Da stand drauf »Unser Bürgermeister«. Man denkt: »Das kann doch gar nicht sein, den kenne ich doch gar nicht.« Aber man glaubt dann, der wäre das. Und wenn man dann zur Wahl geht, dann sieht man den Namen und macht sein Kreuzchen. Und ganz zum Schluss, am letzten Tag vor der Wahl, bringen die an das Plakat einen kleinen Zettel dran, zum Beispiel »CDU«.

Der Papst

Ich habe vor dreißig Jahren den jetzigen Papst kennengelernt, auf dem Oldtimer- und Teilemarkt in Bockhorn, das ist in Ostfriesland. Der hatte so eine DKW mit Beiwagen, und der kam damals mit seiner Exfrau da an. Die Alte total besoffen in dem Beiwagen. Und er suchte für seine Lichtmaschine eine Muffe oder irgend so was. Da kam man halt ins Gespräch. Der hatte früher mal als Automechaniker bei Audi gearbeitet, bevor die Elektronik aufkam. Seitdem heißt das ja Automechanektriker oder so. Dann war er arbeitslos geworden und hatte eine Umschulung gemacht und später dann eine Lehre als Kellner in Amerika. Und durch die Regensburger Würstchen, die er mit seiner Frau damals verkaufte, hatten sie ein bisschen Geld über, und so konnte er die Papst-Ausbildung machen.

Das wollte ich dann auch machen. Ich bin sogar mit ihm zum Vatikan gefahren, aber wir haben beide gesagt: Nee, komische Tapeten. Als hätte jemand im Badezimmer komische Sachen an die Decke gemalt. Alles voller Engel und so. Nee, hier muss überall Raufaser hin, haben wir gesagt. Laminatböden. Und aus dem Petersdom kann man auch ein Parkhaus machen, und ein Galeria Kaufhof passt da sicherlich auch noch rein.

Das wird so kommen. Woolworth, McDonald's, H&L, die darf man alle gar nicht nennen.

Kartoffeln

Wir haben ein Meisennest zu Hause unter dem Garagendach. Wir haben so eine olle Garage mit einem Asbestdach, und da ist in so einer Kuhle dieses Meisennest. Asbest ist für den Menschen gefährlich, aber für die Meisen ist das nicht schlimm, wenn die diese langen Fäden einatmen. Meisen haben nämlich nicht so eine hohe Lebenserwartung. Die Inkubationszeit ist für Meisen zu kurz, da leben die nicht mehr.

Aber das ist schon irre: Die kommen selber aus dem Ei raus. Deshalb sind das keine Säugetiere. Säugetiere werden durch Geburt gemacht. Und Eiertiere, also Vögel – Ente, Schwan, Ganz, Kormoran, Pelikan, Andorra-Huhn und auch spezielle Schwalben –, die sind schon fertig, verbringen aber noch einige Zeit in dem Ei. Sogenannte Eierköppe sind das. Und dann kommen die da raus, und zwar durch eigenes Picken von innen.

Und neulich – ich dachte, das kann doch wohl nicht wahr sein –, da hatte ich gerade alles an die Seite gelegt und die Pfanne war schon heiß, und dann ging das pick, pick, pick, pick, und da war da ein Huhn. Ich hatte die Eier bei Lidl oder so gekauft, und da war wohl ein Huhn drin. Ein Genhuhn. Ein Dukan. Aus diesen Eiern werden Speisehühner. Die sind dann quadratisch.

Ihr kennt ja auch alle den Genmais, eine Erfindung des Teufels. Monsanto heißt die Firma, das muss man sich merken. Man darf nichts mehr essen, denn überall ist Genfood drin. Ich sach mal, früher hätt'ste für so was einen auf'n Foot gekriegt. Aber heute ist das modern, weil wenige Leute viel Geld dran verdienen. Deshalb werden wir alle an Gen-Food nicht vorbeikommen. Leider ist es so.

Ich selber bin gegen Genfood. Ich habe selber Kartoffeln angepflanzt, und zwar so weit weg von einem Maisfeld, dass da kein Samen rüberfliegen kann. Samen. Früher in der Schule gab es so Worte, da dachte man nur iiih. Das heißt: Ich habe die Kartoffeln von meiner Frau anpflanzen lassen, weil das eine unglaubliche Arbeit ist. Als Mann muss man andere Qualitäten haben. Ich zum Beispiel habe einen schönen Stuhl da hingestellt und mich in die Sonne gesetzt. Es war ja heiß, fünfunddreißig Grad. Und die hat die Kartoffeln reingemacht. Sechs Wochen später waren dann die ersten Kartoffeln fertig. Also habe ich mich wieder hingesetzt und habe das so ein bisschen kontrolliert, dass die auch keine Kartoffel klaut. Aber hat sie nicht, sie ist ja anständig. Und nachher haben wir die dann gemacht und gemeinsam gegessen. Das heißt, ich. Man muss immer ein Voresser sein, ganz klar. Gerade bei eigenen Kartoffeln. Die könnten ja vergiftet sein.

Das klingt alles so frauenfeindlich, ist aber frauenfreundlich. Weil: Das ist überhaupt nicht wahr! Bis auf das mit den

Kartoffeln. Ich kann das einfach nicht so gut. Ich kann nicht so gut in der Erde wühlen. Ich bin Pianist. Aber die Pommes schmecken unheimlich gut. Wenn man nämlich die eigenen Kartoffeln zu Pommes macht, kann man vergleichen. Dann geht man zur Pommes-Bude und denkt, hmmm, die schmecken ähnlich. Kostet auch nicht so viel Eigenenergie.

Weihnachten

Weihnachtszeit ist Flötenzeit. Die Zeit der Blockflötengesichter. Wenn man sich was wünscht, und unterm Tannenbaum ist dann etwas anderes. Dann sieht man ungefähr so aus. Is in Belgium also Weihnachten? J'ai crie? En Belgique? Was heißt Weihnachten auf Belgisch? White Christmas, what's called? Reevju. Ein sehr schöner Name. Hört sich an wie ein Reifen. Oder eine Erfrischung.

Weihnachten hier in Deutschland ist für mich eine sehr schöne Angelegenheit. Ich kann endlich die Geschenke abholen, die mir zustehen. Für heute ist ja, das habe ich auf einem Plakat gelesen, ein Weihnachts-Spezial-Konzert angekündigt. Also habe ich mich ein bisschen weihnachtlich angezogen – das reicht. Mehr braucht man dem Christkind ja wohl nicht Paroli zu bieten. Dieses Jahr kommt das Christkind auch gar nicht, es hat sich ein Bein gebrochen. Viele denken, ja heute, das Christkind kommt am Mittwoch: Wednesday, in Belgium auch, ne? Oder seid ihr katholisch? Bei den Katholiken kommt es ja einen Tag später. How is it in England? Kommt das Christkind auch on the selben Tag or in the after night? Hauptsache, das Kind merkt nicht, dass das Christkind Tante Erna ist. Das gibt es nämlich gar nicht. Kerzenschein und so 'n Scheiß, und hinter der Tür darf man nicht rein. Weißt du auch noch, wie du klein warst, oder? Und dann geht man da rein, und dann ist da irgend so ein Verwandter, der irgendwelche Kartons unter den Baum schmeißt. Eine Illusion, die viele Menschen zum Mord reizt. Ganz klar, wenn man nicht das kriegt, was man will. Wenn man sich zum Beispiel als Jugendlicher ein Auto wünscht, auch wenn man noch gar keinen Führerschein hat, dann kriegt man erst mal einen Gutschein fürs Bungee-Springen vom Dortmunder Funkturm.

Während der Pause darf außerhalb des Gebäudes geraucht werden. Wer im Gebäude raucht, wird verhaftet. Das sind die neuen Weihnachtsregeln. Ja, so ist das. Heute ist Samstag. Noch drei Tage. Sonntag, Montag, Dienstag, und dann kommt er. Dann kommt es. Das Christkind. Mit all seinen Gaben. Ich freue mich. Ich freue mich wahnsinnig. Hoffentlich krieg ich was, hoffentlich krieg ich was, hoffentlich krieg ich was ... Wenn ich nichts krieg, bin ich so was von sauer, da krieg ich jetzt schon so einen Hals. Überleg mal, ich krieg nichts. Ich könnte kotzen. Was für ein Fest. Diese verlogene Scheiße. Ich weiß jetzt schon, dass ich nicht so viel krieg, wie mir zusteht. Ich krieg jetzt schon zu wenig. Am dreißigsten August ist mein Geburtstag. Ich krieg jetzt schon das kalte Kotzen. Da krieg ich sicher auch zu wenig. Bis gleich.

Meisen

Die kalte Jahreszeit, die wäre ja jetzt zu Weihnachten, aber durch die Erdkrustenerwärmung – für die wir alle etwas können, weil wir uns die Haare föhnen und wegen der Autoabgase – gibt es ja kaum noch Winter. Die Vögel haben eigentlich genug zu essen. Aber wenn es so richtig kalt ist, dann muss man zufüttern. Bei Meisen ist das wichtig. Die fliegen nämlich nicht nach Afrika. Die haben keinen Bock. Zu weit. Die meiden die anstrengende Fliegerei und dadurch auch den Stress. Die bleiben lieber hier und gucken, ob irgendein Opa einen Meisenknödel rausgeschmissen hat oder ob sie sich am Raglanmantel gütlich tun, der draußen hängt, um auszulüften.

Ich hab öfter mal 'ne Meise. Kommt sogar durch die Lüftung ins Zimmer reingeflogen. Die hat dort in der Lüftung auch schon gebrütet. Es gibt viele Meisen bei mir. Wir kommen eigentlich ganz gut miteinander zurecht, nur dieses Jahr – ich war sechs Wochen weg – habe ich völlig vergessen, sie zu füttern. Als ich nach Hause kam – ja, da klebten ein paar vertrocknete Federn an der Scheibe. Was will man machen?

Ist natürlich nur Fantasie. Ich habe die Meise gestern noch gesehen. Och, was goldig, was süß, so ein kleines Ding. Da erweicht sich richtig das Menschenherz, und wir merken: Die Vögel, die haben es gut. Die können hinfliegen, wo sie wollen. Unsereins muss immer raboti, raboti. Und die Vögel, die fliegen so rum und picken da mal was, irgendeinen Wurm oder so. So schlecht schmeckt Regenwurm auch nicht. Ich hab mal beim Überlebenscamp Regenwürmer essen müssen.

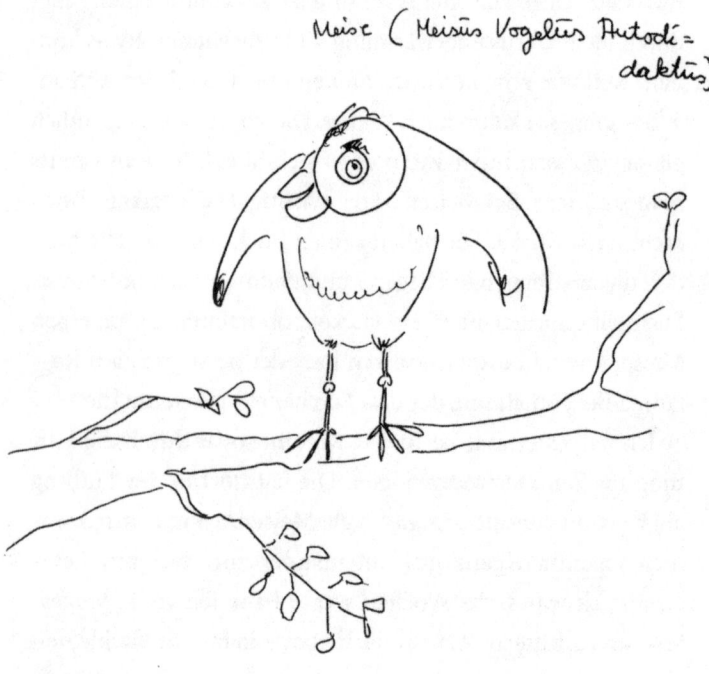

Meise (Meisus Vogelius Autodidaktus)

Schnitzereien

Auf dem Arbeitsamt, da geht es manchmal hart zu. Aber im Erzgebirge ist es noch viel schlimmer. Dort haben Menschen nur eine Möglichkeit zu arbeiten, nämlich als Köhler. Oder Männchenschnitzerei. Das Leben ist sehr hart. Dort wird man nicht geboren, sondern in der Küche auf dem kalten Marmorboden geworfen. Die Mutter beißt die Nabelschnur kaputt.

Ich weiß noch, wie ich zum Arbeitsamt gehen wollte – um fünf Uhr morgens wollte ich zum Schnelldienst, um einen Job zu kriegen –, da habe ich mich erst mal zwei Stunden vors Gesundheitsamt gestellt. Ich dachte, das wäre das Arbeitsamt. Haben die das nach Oberhausen verlegt. Das ist zu weit. Da braucht man als Mülheimer nicht hin. Da braucht man gar nicht erst arbeiten zu gehen. Da kann man sich nichts kaufen. Keine Schlossstraße zum Beispiel, nur noch Brillen, Brillen, Brillen. Aber ist ja nicht schlimm. Wenn die Menschen so viele Brillen brauchen, dann lass sie doch. Brillitis. Da gibt's doch so einen Film von Helmut Newton. Bilitis. Schöner Film. Feuchte Cousinen.

Apropos feuchte Cousinen, gib mir noch mal einen Tee, Schatz. Da lacht der immer. Der ist so was von verklemmt. Dabei hat der schon 'ne Freundin.

Nach dem Auftritt heute ist Urlaub. Ich fahre, wie gesagt, Skifahren in die Schweiz, Österreich oder die Malediven. Wasserski gibt's ja auch. Und ich mache eine Ballonreise einmal um die Welt. Vielleicht gehe ich auch zu Fuß nach Köln, schon mal für Karneval üben die Strecke. Oder mit dem Paddelboot auf dem Rhein, das wäre auch schön. Da kann man jetzt bald wieder schwimmen.

Aber ich war beim Erzgebirge stehen geblieben. Ich habe von dort eine kleine Streichholzschachtel, da ist so ein Männekin drin, der sitzt da an seinem Schreibtisch und schreibt ein paar Zeilen in seine Schreibmaschine. Der sitzt in einem Zimmer, und dann gibt es da noch ein Zimmer in dieser kleinen Streichholzschachtel, da sitzen dann die Mutter und die zwei Söhne und die Tochter. Die Tochter ist vierzehn, die beiden Söhne neun und elf. Neun, elf und vierzehn, also jeweils drei Jahre auseinander. Und die Mutter schält gerade Kartoffeln – das muss man sich mal vorstellen, das ist ja Miniaturschnitzerei –, und dann gibt es noch ein anderes Zimmer, da sitzt der Dackel auf der Couch vor dem Fernseher. Das ist ein Querschnitt durch ein Hochhaus, so ein Plattenbau. Sechzehn Stockwerke. Unten sieht man, wie der Hausmeister gerade seine Frau in appetitliche Happen für das Freiaquarium zersägt. Dort will er sie entsorgen, weil sie ihm nicht mehr gefällt. Sie ist nicht mehr so wie die gängigen Modelle, die man in den Katalogen sieht. Sie passt nicht mehr in das Klischee, und da will er sich eine neue zulegen. Dann sieht man an der Schelle, in der dritten Etage wohnt Frank Schmökel. Also nicht der, sondern ein anderer. Der heißt nur so, der kann nichts dafür. Der kriegt zwar immer Post, so Drohbriefe und so, ist aber eigentlich ein ganz lieber.

Aber noch mal zu dem Dackel. Das muss man sich mal vorstellen, dass das alles aus einem Stück Holz geschnitzt ist. Da sitzt der Dackel und guckt fernsehen, und im Fernseher sieht man ein Länderspiel, Malaysia–Lappland, und über dem Stadion fliegt der Helikopter und sieht die hundertachtzigtausend Zuschauer in São Paolo mit ihren jeweiligen Kopfbedeckungen. Das ist schön geschnitzt und toll gemacht. Und das für drei Euro neunzig.

Damals

Ich bin mit dem Zug gefahren. Ich war ein Jahr alt. Das war damals noch eine Dampflok, und man musste alle zwanzig Kilometer anhalten und beim Bauern in der Umgebung Dampf kaufen. Kuhfladen umgaben mich, Kühe, das Pferd Fannie, auf dem ich einmal reiten wollte, seitdem ich wusste, wie Damenspagat geht. Es gab Tiere wie Schwein, Sau, Eber, Kuh, Ochse, Bulle, noch ein Bulle, Traktor, und anderes Viehzeug, wie zum Beispiel Gänse, Hühner und Schmalzvogel.

Am angrenzenden Wiesenhain befand sich ein Wald mit vielen Fichten. Dort war ein Köhler zugange, der machte Holzkohle. Die scheiß Hexe verkroch sich im Wald und ließ ab und zu mal ihre Nase durch das Getänn scheinen. Auch der Räuber Hotzenplotz war allgegenwärtig. Das war eine schöne Zeit.

Farbfernsehen

Als ich ein zehn Jahre alter Bub war, gab es noch kein Farbfernsehen. Schwarz-weiß gab es schon, aber wir hatten noch keinen, weil mein Vater hat gesagt, Fernsehgucken jibbet nich. Teufelszeug. Wir sind dann bei Tante Günther ab und zu fernsehen gegangen. Tante Günther war irgendwie ein komischer Typ. Ich darf den Namen nicht nennen. Tante Ruth hat es nicht gerne, wenn ihr Name genannt wird. Also nenne ich den Namen ihres Mannes, aber als Tante.

Als dann das Farbfernsehen kam, durften wir auch keinen Farbfernseher haben. Wir hatten später einen, als ich dann von zu Hause ausgezogen war. Da hat mein Vater sich dann ein Farbfernsehgerät mit angeschlossenem Hörgerät gekauft. Guckte den ganzen Tag Fernsehen, und keiner hat was gehört, denn es war ja auf stumm geschaltet. Aber er saß vorm Bildschirm und hatte alle Informationen.

Heute gucke ich selber manchmal Fernsehen. Tiersendungen am Nachmittag. Elefant, Nilpferd, Lumpi und Co. Oder eine Hundehütte für Hunde. Oder Walross, Bakterie und Co. Also auch kleine Tiere dabei. A-Meise, B-Meise,

C-Meise und Co. Oder nur Co und Co, die beiden Cos aus Cosfeld.

Abends laufen dann Sendungen, da will man gar nicht hingucken. Zum Beispiel die Knochenjägerin. Oder Autopsie. Oder Jauch. Diese drei Sendungen, das ist ja alles dasselbe. Gut sind Sendungen, die zum Beispiel live vor der Kamera Schönheitsoperationen zeigen – wenn eine Frau sich mit örtlicher Betäubung die Brust verlängern lässt. Also in dem Ort, in dem sie wohnt. Da werden dann alle kurzzeitig betäubt, damit die nicht petzen und es nachher heißt: »Och, hör mal, die Anneliese, wat hat die denn so lange Brüste gekriegt? Da hat die doch wat machen lassen!« Und die Anneliese dann so mit bis zum Boden gekrümmten Rücken: »Nee, nee, nee, dat hab ich nich! Ich hab nichts machen lassen ... Entschuldigung, können Sie mir mal helfen?«

Oder Fett absaugen, das ist auch interessant. Da kann man mit der Kamera in so eine Baracke rein – davor steht ein Holzschild mit dem eingelöteten Namen von dem Arzt, hier Fettabsaugung und Schönheitsoperationen aller Art, keine Kassenpatienten –, und drinnen sieht man den Mann von der Frau, denn die wollte da ja nicht alleine hin – klar, das ist ja schon ein Eingriff –, und dann sitzt dieser Mann dort und zittert richtig. Denn da ist ein Schild, das sagt Rauchen verboten. Man darf da nicht rauchen, weil das ja eine Operation am offenen Leib ist. Und dann geht da so ein Lappen zur Seite und der Arzt kommt rein.

Von der Frau sieht man nur die Schuhe. Sie liegt auf so einer Art Bügelbrett. Das ist verstärkt mit Sichtbeton und Blumenkübeln. Dadrauf liegt so ein Brett und dadrauf die Frau.

Also die Schuhe, dann ein grüner Berg und dann siehst du die Haare in der Nase immer aus und ein ... Am Kopfende liegt ein zerborstener Holzhammer, da ist also wahrscheinlich die Anästhesie schon erfolgt. Und plötzlich kommt also der Arzt hereingeweht. Der sieht aus wie ein Lurch, geschützt mit Schweißerhandschuhen, Lederschürze, orangeroten Gummistiefeln, einer Schutzweste und einem Helm, und über dem Helm noch eine Mütze, und über der Mütze Packpapier mit Tesafilm festgemacht und vor den Augen zwei Siebe mit Folie und eine Gasmaske, damit, falls Bakterien aus der Frau aufsteigen sollten, er nicht auch krank wird. Das kann man dem Arzt nicht verübeln.

Auf der Gasmaske ist vorne ein Smiley drauf. Wenn die Frau wach wird, dann denkt sie, hier bin ich gut aufgehoben, da ist der liebe Arzt, das ist ein lustiger Kerl, der wird mir helfen. Und dann kommt der Arzt und haut der so eine Art Staubsaugerrüssel in den Bauch rein, und man hört, wie sofort eine Maschine anspringt. Vor dem Mann steht ein Glas, circa eins fünfzig hoch und siebzig im Durchmesser, das füllt sich mit der Zeit langsam mit so einer Art Kartoffelsuppe mit Speckwürfeln. Dazwischen mal so ein verschimmelter Lappen, den jemand beim Hausputz vergessen hat. Und jede Menge Smarties. Die sind ja sowieso Gift für den Körper.

Irgendwann ist dann die eine Hälfte der Frau in dem Glas, der Rest liegt auf dem Tisch und schmunzelt. Der Arzt haut wieder ab, der hat keinen Bock mehr – er wurde auch nicht gezeigt, damit er nicht erkannt wird und regresspflichtig gemacht werden kann –, und dann darf der Mann sich die eine

Hälfte aussuchen zum Mit-nach-Hause-Nehmen. Er nimmt meist die bessere Hälfte, also die aus dem Glaszylinder. Mit dem fährt er dann mit der Straßenbahn nach Hause und feiert dann eines Tages goldene Hochzeit.

Im Zoo (2)

Ich wollte eigentlich Tierfotograf werden. Aber ich war damals zu jung. Ich war erst zwei Jahre alt, nicht alt genug, um auf diesen Gedanken gekommen zu sein. Ich war zum ersten Mal im Zoo und habe die großen Tiere gesehen, Elefanten, Kobras und so. Früher waren die Zoos anders. Heute haben die Tiere sehr viel Freiheit. Freiheit hinter Gittern nennt man das. Da dürfen die Löwen sich zum Beispiel umdrehen, und der Wärter hat ein eigenes Haus. Oder der Papagei, der hat eine Mama dabei, wenn ihr versteht, was ich meine. Ist ja wichtig zum Eierlegen.

Früher waren die Zoos sehr anders. Der Zoo, in dem ich damals war, 1937, das war nur eine Sackgasse, mit Nato-Draht abgesperrt, damit Eltern, deren Kleinkinder da reingekrochen sind, die wieder aus dem Stacheldraht rausklauben und zur Erstversorgung ins Krankenhaus fahren konnten. Die Tiere standen da einfach nur rum. Die waren da einfach hingestellt. Hier stand der Vogel Strauß, dort der Elefant neben dem Wellensittich, daneben Dromedar, Löwe, Lämmchen, ein Hase, ein Igel, eine Anakonda. Für die war vorne ein Stückchen Weg weggebaggert, damit sie liegen konnte – bei der Schlange sagt man auch, sie steht, aber für uns sieht es aus, als würde sie liegen. Die ist ja anders gebaut. Das sieht so aus, als würde sie liegen, aber sie steht. Ich weiß nicht, wie ich das erklären soll. Wenn die liegen würde, das ginge gar nicht, die würde dann umkippen.

Ich war mal am Orinoko. Den kennt ihr vielleicht, das ist ein Nebenfluss vom Amazonas. Da ist mir mal eine Anakonda in freier Wildbahn begegnet. Die können acht Meter lang werden oder sechzehn oder zweiunddreißig oder vierundsechzig oder hundertachtundzwanzig Meter, das sind so die Maße. Diese Schlangen sind wahnsinnig, die fressen einen auf. Die können ganze Schweine essen.

Die Anakonda, die ich da gesehen habe, hatte ein dickes Schwein im Bauch. Das Schwein war gerade begriffen, in der Zersetzung zu sein. Die haben so eine Magensäure, die Anakondae, die brennt. Wenn du einmal in so einem Anakonda-Magen bist, dann willst du nur noch raus da. Ich bin leider einmal in so eine Anakonda reingegangen. Ich dachte, das wäre ein verlassener Stollen. Die hatte das Maul aufgerissen, und ich dachte, die Zähne wären so Stempel wie in Jäger des verlorenen Schatzes, wie bei dem mit dem Hut, Harrison Ford.

Wo war ich stehen geblieben? Richtig. Einem Stachelschwein in der Scheinschwangerschaft, da weiß man nicht, wie man dem helfen soll. Die stehen die ganze Zeit so traurig in der Gegend rum, dabei ist gar nichts. Der Schein trügt. Jedenfalls hatte eine der Anakondae, die ich am Amazonas angetroffen hatte, ein Stachelschwein verschluckt. Das pikste sehr deutlich. Und da ich an der Volkshochschule nur einen Medizinlehrgang für Amputationen gemacht hatte – normalerweise bin ich Innenausstatter –, konnte ich dem Tier leider nicht helfen. Da muss man schon ein bisschen mehr können.

Puh, ganz schön warm hier. Können wir die Lüftung anmachen? Im Urwald gibt es keine Lüftung. Am Orinoko, mein Gott, dieser Tunnel. Man kriegt da so einen Tunnelblick. Ich bin mit einem Einbaum dahergefahren. Durch einen Tunnel von teilweise fünfzig Meter hohen Bäumen mit über neunundvierzig Meter hohen Stämmen.

Aber ich wollte noch einmal auf den Zoo zu sprechen kommen. Die Tiere standen da und – als ich in der Schlange drin war, ging die an der Stelle rechtwinklig rauf und dann genauso steil wieder runter, weil ich stand ja in der Schlange. Aber ich konnte fliehen, weil ich die ganze Zeit sch, sch, sch gemacht habe, um die Magensäure wegzupusten. Das hört sich jetzt vielleicht an, als würde ich lügen, aber die echte Wahrheit hört sich manchmal an wie eine Lüge.

Also die Tiere standen da, wie sie es in der Wildnis nicht aushalten könnten. Die würden sich gegenseitig aufessen. Der Elefant isst die Blaumeise, die Blaumeise den Truthahn und so weiter, je nachdem an welcher Stelle in der Nahrungskette das Tier sich befindet. Meistens ist der Mensch ja an der Spitze der Nahrungskette, aber in der Wildnis sieht das ganz anders aus. In der Wildnis gibt es zum Beispiel kein Fürst Pückler. Das ist Erdbeer-Vanille-Schokolade. Mein Lieblingseis. Ich bin sehr bestürzt darüber und spreche der Wildnis mein Beileid aus.

Evolutionsbilder
(nach Schneider)

Damit die Tiere sich nicht aufessen, hatten die zwischen sich jeweils so ein Stück Pappe von oben bis auf den Boden. Also Elefant, Pappe, Wellensittich, Pappe, Tiger, Pappe und so weiter, damit die sich nicht so auf die Pelle rücken und sich fragen: »Wer ist denn das da neben mir? Der ist vielleicht gefährlich. Da sage ich lieber nichts mehr.« Der Vogel Strauß war ein bisschen keck, der hat zu dem Elefanten – neben dem ja der Wellensittich stand – gesagt: »Hör mal, riechst du hier so nach Wellensittich?« Da hat der Elefant gesagt: »Sag mal, bist du bescheuert oder was?«, und ist einen Schritt auf den Strauß zu und hat dabei den Wellensittich platt getreten. Der Elefant hat ja riesige, dicke Füße. Die braucht der aus statischen Gründen. Dem kannst du keine normalen Turnschuhe anziehen.

Aber das gefährlichste Säugetier der Erde – Säugetiere sind Tiere, die säugen. Deren Kinder kriegen keine Flasche, sondern die Brust, weshalb die anderen auch Flaschentiere heißen. Und dann gibt es Tiere, die kriegen direkt Butterbrot. Ganz kleinen Kindern, also Menschenkindern, soll man kein Butterbrot geben. Denen soll man Flasche geben oder auch Brust.

Jedenfalls ist das gefährlichste Säugetier der Erde der Braunbär, der Kodiakbär. Wenn der sich hinstellt, ist der so groß wie ich, wenn ich mich hier auf diesen ausgefahrenen Klavierhocker stelle. Aber wer hoch hinauswill, kommt manchmal ohne fremde Hilfe nicht mehr zurück auf den Teppich. Jedenfalls hat der Braunbär ganz lange gelbe Fingernägel vom Rauchen oder vom Pulen im Erdreich. Warum heißt das eigentlich Erdreich? Bestimmt, weil man vom Inder-Erde-Pulen reich wird. Man könnte dort Gold finden. Oder Kohlefaser. Der war vom Publikum in dem Zoo durch eine kniehohe Buchsbaumhecke getrennt. Klar, jeder will mal gerne den Bär anfassen. Nur, so ein Bär hat das gar nicht gerne, wenn man den am Bären packt, egal ob Männlein oder Weiblein.

Und da habe ich diese Familie gesehen. Die Enkelkinder waren dabei, Mutter und Vater, dann die normalen Kinder, also die Eltern der Enkelkinder, dann – die Großeltern sind ja auch Eltern von Kindern –, Opa und Oma und noch ein Onkel mit seinen Kindern, also Cousins und Cousinen, dazu noch Bekannte der Familie und – ganz deutlich zu erkennen, sie hob sich von den anderen ein bisschen ab – die Schwiegermutter. Die konnte man daran erkennen, dass sie zusammen mit dem erwachsenen Sohn zehn Meter hinter dessen Frau ging. Und die Schwiegermutter war bei dem Sohn die ganze Zeit am Ohr, und man hörte sie immer sagen: »Das ist nicht die Richtige für dich. Guck dir das doch mal an. Die Hacken sind ganz schief, die kann gar nicht richtig latschen. Die gehört nicht zu uns. Die ist so unsauber, die hat gar nicht richtig gekocht. Ich hab die Pommes ausgekotzt. Die kann nicht mal Pommes kaufen. Die kann gar nichts. Die hat die Handtücher gar nicht richtig sauber gewaschen, die hat die einfach weggeschmissen, die Papierdinger. Die hat überhaupt gar keine Ausbildung. Die ist nur eingebildet. Guck dir die doch mal an, was die für einen Mundgeruch hinter sich herzieht. Nein, mein lieber Sohn. Ich enterbe dich ...« – Sticheln nennt man das.

Und die ganze Familie hatte etwas mit der Schwiegermutter vor. Die wollten die loswerden. Und zu diesem Zweck sind die Enkel dressiert worden. Die sollten sie auffordern, sich mit dem Bären Arm in Arm fotografieren zu lassen.

Die Schwiegermutter hat zuerst gesagt: »Nein, nachher tut der mir weh. Wenn der sich auf mich setzt, dann bin ich platt. Guckt doch mal die Füße, nachher denkt der, ich wäre ein Volleyball.«

Aber die Enkel sagten »Nein« und beschwichtigten sie. Das nennt man beschwichtigen, wenn man Nein sagt. »Der Bär hat Angst vor dem kleinen Wellensittich. Du, liebe Schwiegermutter, hast ja selber einen kleinen Wellensittich, der, wie du ja weißt, selber sehr große Angst vor dir hat, weil du den Kanarienvogel in die Zitronenpresse gesteckt hast und der Wellensittich mit der Zitrone poppen sollte, bloß weil du deine Lesebrille nicht aufhattest.«

Und darauf sagte die Schwiegermutter: »Ach so, wenn der Bär so harmlos ist, dann will ich mich gerne mit dem zusammen von unseren Enkelkindern fotografieren lassen.«

Dazwischen war noch ein zehn Meter tiefer Betongraben, da floss die Jauche von dem McDonald's rein – wo diese kleinen runden gegorenen Haufen verkauft werden, die in den Brötchen stecken, die mit den Suchtmitteln, damit die Kinder dick und fett werden. Da sitzt ein Kacker auf einem goldenen Thron und kackt diese Fladen, die man dann verschimmeln und gären lässt, bevor man sie in das Brötchen tut. Und in diesen Graben ist die dann reingehopst, und der Bär hat gedacht, ›Oh, was ist das denn? Haben sich meine Pfleger wieder mal etwas Schönes ausgedacht? So ein Massakrierungsspiel für Fische, oder was ist das da? Ah, eine

Schwiegermutter!‹ Dann hat der Anlauf genommen und ist mit seinen gelben Nägeln voran wie eine Rakete dort hinuntergesprungen, und die Oma hat noch gedacht, ›Ah ja, jetzt will der mit mir das Foto machen.‹ Und dann ging alles ganz schnell. In Millisekunden hat der die zerlegt. Der Braunbär ist der schnellste Metzger der Welt. In null Komma nichts lagen da Rippen, Kotelett, Filet, Nacken, Hirn, Zunge, schlimme Augenwurst, Sauerkraut und Eisbein Seite an Seite. Und weil der Schall nicht so schnell ist, hörte man erst, nachdem alles verpackt war, den Schrei.

Groupies

Ich habe hier eine spanische Gitarre, die ist aus Madrid, aus der Hochebene von Spanien. 1994 geboren. Eine sehr schöne Arbeit. Hier sind leider schon Dellen drin. Hier ist eine Macke und hier auch. Von Fans, denen ich die auf den Kopf gehauen hab. Die Weiber stehen immer hinten an der Garderobe und wollen nichts anderes, als von den Stars gepoppt werden. Da muss man sich manchmal zu wehren wissen, man kann ja nicht alle gleichzeitig. Das muss schon hintereinander gehen. Immer der Reihe nach. Da will jede die Erste sein und manchmal auch jeder, wenn sich Kerle dazwischenmischen. Da muss man aufpassen. An der Stelle hier ist schon eine richtige Delle drin. Das muss ich demnächst mal machen lassen. Da muss ich mal nach Spanien fahren und den Gitarrenbauer zwingen, die neu zu machen. Heute gibt es das so nicht mehr. Heute heißen die Groupies. Obwohl, bei Roland Kaiser, da gibt es das noch. Die wollen noch ficken da, allerdings aus Verzweiflung.

Amundson

14. Dezember 1812. Die Expedition ist heute in aller Frühe aufgebrochen. Der Nordpol ist zum Greifen nahe. Noch 870 Kilometer. Die Männer haben Hunger. Doch die Hunde gehen vor. Ohne die Schlittengespanne ist die Expedition aufgeschmissen.

Amundsen zurrt die Kapuze zu. Der Wind ist kalt und schneidet die Ohren ab. Das Thermometer fällt auf minus 97 Grad. Ein Rabe hat sich bis hierher ins Packeis verirrt. Zu Stein gefroren klebt er an der Scholle fest. Der verzweifelte Versuch der Männer, den Raben zu essen. Er zerspringt in tausend Stücke.

Eintrag ins Tagebuch. 21. Februar 1813. Zum Nordpol sind es jetzt noch 47 Zentimeter.

Doch Amundsen gibt auf. Gestern hat er Jürgen, Manfred, Paul, Edeltraut und Walter gegessen. Erbarmungslos sticht die Sonne auf das ewige Eis. Versucht, es zu schmelzen. Aber es gelingt ihr nicht. Die Sonne geht auf. Eisige, klirrende Kälte überströmt den toten Amundsen. Warum?

Schönheitsfarm

Ich habe mal eine Zeit lang als Hobbychirurg gearbeitet, um nebenbei ein viertes Standbein zu haben. Drei habe ich ja schon. Wie in der schönen Anekdote vom FKK-Strand. Da haben die Leute gefragt: »Was ist das denn? Drei Spuren im Sand?« Aber ich will nicht angeben. Das ist schon billig, so was zu sagen. Das stimmt ja auch gar nicht. Oder nur halb. Da waren nur zwei Spuren im Sand.

Also, mit neunzehn habe ich in meiner Garage nebenan eine Schönheitsfarm aufgemacht. Ich habe erst mal mit Hühnern angefangen. Die waren sehr schön. Das waren Zwerghühner. Dann habe ich einen Hamster gekriegt. Aber die haben sich nicht vertragen. Hamster und Hühner, die passen einfach nicht in den Backofen. Die Längen sind verschieden. Der Hamster ist schnell gar, das Huhn dauert länger. Das ist jetzt nur Fantasie gewesen, aber was jetzt kommt, ist Realität.

Ich hatte also eine kleine Schönheitsfarm aufgemacht, weil ich nicht wusste, soll ich Musiker werden oder gar nichts oder eben Schönheitschirurg. Der Beruf war damals noch nicht so verteilt wie heute. Heute gibt es ja sehr viele Schönheitschirurgien und Schönheitsfarmen. Die Leute sind dort mehrere Jahre, und wenn sie nach Hause kommen, werden die von den anderen nicht mehr wiedererkannt. Die sind dann oft schon ausgezogen, und die jahrelange Schönheitsfarmerei hat nichts genutzt.

Zuerst kamen Kinder zu mir, die wollten aus einer normalen Maus eine Fledermaus machen. Das ist ganz einfach. Da werden von einem Schwein, das zufällig daherläuft, die Schweineohren abgeschnitten und an die Maus drangenäht. Die Kinder gingen dann mit der toten Maus nach Hause und haben die dort in die Luft geworfen. Die wollten sich nachher bei mir beschweren, aber ich habe gesagt: »Kenne ich nicht.« Ich habe ja damals unter meinem richtigen Namen gearbeitet. Helge Schneider ist ja nur mein Künstlername. Mein richtiger Name ist Ron Hank.

Und dann kam der erste Mensch. Also eine Frau. Die wollte eine Brustverlängerung machen, aber nur auf der rechten Seite. Die Frauen wissen das ja, aber es sind ja auch viele Männer auf meinen Konzerten. Deshalb: Frauen haben immer verschieden lange Brüste. Mal ist die eine länger, oder die andere ist länger oder kürzer und dafür die eine kürzer oder länger – je nachdem. Manche sind etwas höher angesetzt und fangen direkt am Hals an, manche etwas tiefer. Da muss man natürlich auswägen.

Jedenfalls kam die Frau und wollte die rechte Brust verlängert haben. Die linke war länger geworden als die rechte. Die Frau war nämlich Rechtshänderin und molk sich selbst, wie sie sagte.

Dann habe ich gesagt: »Gut, dann wird hier oberhalb der

Brust ein kleiner Schnitt gemacht, so einen Meter lang. Der geht einmal um den ganzen Körper. Man kann dann oben alles abnehmen und mit Glaswolle nachstopfen. Je mehr Druck, umso manierlicher sieht das nachher aus.« Beim Reinpusten habe ich kurz weggeguckt. Das wird mit vier Atü gemacht. So einen Kompressor gibt es in jedem Baumarkt, mit dem wird die Glaswolle dort reingeschossen, wie der Fachmann sagt. Ich war also einen Moment unaufmerksam, weil ich geraucht hatte. Und dann ist die bis auf den Boden gegangen. Die Brustwarze war bis zum Zehennagel vorgeschossen. Aber die Frau war zufrieden. Sie sagte: »Hauptsache, länger.«

Und das alles bei örtlicher Betäubung, das muss man sich mal vorstellen. Der ganze Ort, wo die wohnt, wurde betäubt. Damit keiner petzt. Wenn dann der Mann von der Arbeit kommt – der ist Verkehrspolizist auf einer Kreuzung –, will der das genau sehen. Jedenfalls war die mit dem Rennrad gekommen, und da ist unten an der rechten Seite ja kein Kettenschutz dran. Die ist den Berg runtergefahren, mit der Brust in die Kette gekommen – tot.

Was soll man sagen? Die Realität schreibt doch die schönsten Geschichten.

Kindergarten

Heute werden ja schon die Dreijährigen im Kindergarten nach ihrer Berufswahl gefragt. Zum Beispiel die dreijährige Angelika Joachim, genannt Jakob. Die Kindergärtnerin hat sich eine schöne Dauerwelle oder -krause machen lassen und sagt: »Angelika, du musst jetzt hier unterschreiben. Du musst sagen, was du von Beruf werden willst. Es ist ein langer Weg, den du eingeschlagen hast und den du jetzt hier im Kindergarten absolvieren wirst, vor der Schule, den verschiedenen Vorschulen, der Nachschule und Zwischenschule. Heute reicht es nicht mehr, wenn man in der Frühstückspause mal eben sein Abitur nachmacht. Du musst schon jetzt wissen, was du werden willst.«

Früher hätte man leise gesagt: »Lokomotivführer.« »Partisan.« »Schokoladenfabrikant«, »Marmeladenfabrikant« oder »Nutella-Koch«. Wir haben ja damals nicht gewusst, dass Nutella aus alten Rinderdärmen und -augen und Stiefelresten besteht, die durch den Wolf gedreht und mit brauner Farbe angemalt werden. Das ist eine Unverschämtheit! Eine himmelschreiende Ungerechtigkeit! Entschuldigen Sie,

dass ich mich darüber so aufrege. Heute ist das ja anders. Heute sind Berufe fachlich spezifiziell. Da sagen die Dreijährigen: »Ich möchte Reifenvulkanisationsapparatebautechnikinformationschipdatenkoordinationsleiter werden.« Oder »Aus-dem-Kragen-gefallene-und-vom-Wind-aus-dem-Haus-in-die-Grasnarbe-gewehte-Friseurhaare-Eingliederungsverwaltungsangestellter«. Oder »Unteroffiziersdreckswäschestapelndes, organisationshassendes Verteilungsorgane befürwortender Generalstabsinformationsquerelen-Schandtatsorganisationsevangeler«. Das ist ein sehr harter Beruf im Verteidigungsministerium. Dort wird das als Ausbildungsberuf angeboten. Ich hatte das gelesen und mich darauf gemeldet. Ich wollte den Alten dort mal die Flötentöne beibringen – Entwaffnung durch Humor sozusagen – und die Uniformen und Unterhosen mit Weichmachern besprühen. Gewalt muss durch Weichheit ausgehöhlt werden. Das ist ein sehr schwieriges Unterfangen.

Aber wir möchten heute Abend nicht über Politik reden. Ich bin sowieso nicht der Fachmann. Aber das sind die anderen ja auch nicht. Ich spiele lieber Klavier. Aber auch als Kanzler kannst du nur zu Hause sitzen und warten.

Familie

Erinnern Sie sich auch noch an diese Handballspiele, die immer sonntagmorgens stattfanden, während die Frauen zu Hause spülten? Die hatten dort Frühstück gemacht, dann ist der Mann aufgestanden worden – man sagt ja, das waren ganz andere Zeiten und die Frauen hätten angeblich nichts zu sagen gehabt, aber in Wirklichkeit hatten die die Fäden schon damals genauso in der Hand wie ein guter Regisseur –, nachdem die Frau um vier Uhr morgens aufgestanden ist und Milch gezapft hat. Das kann schon mal zu einer Belastung werden, vor allem wenn man nicht sehr viel Milch hat. Und der Mann wollte natürlich nicht geweckt werden, der war total besoffen aus dem Puff oder so nach Hause gekommen. Angeblich war er Canasta spielen gewesen.

Die Frau musste sich noch vor dem Aufstehen schön machen. Und der Mann liegt daneben und stinkt aus dem Hals wie eine Kuh von hinten. Aber die Frau musste schick sein. Die lag schon zwei Tage vorher frisch gemacht und in einem gelben Babydoll-Negligé da. Der Mann liegt daneben und ist total kaputt. Faltig, die Hose verschissen, Schweißabdrücke in der Matratze und auf dem Veloursteppich. Und die Frau sprüht sich etwas Perla-Atemfrisch in den Mund. Da haben wir es: CKFCW. Und wir müssen nun darunter leiden. Deshalb die Ozonschicht heute.

Heute hat sich doch einiges verändert. Heute ist es manchmal sogar umgekehrt. Und auch nicht. Beide sind gleich. Das ist die sogenannte Emanzipation. Die ist entstanden durch Bücher, durch Zuwendung, durch Tierheime, die dafür da waren, die Menschen mit einem kleinen Tier ein bisschen glücklicher zu machen, das dann aber ein Jahr später am Papierkorb an der Autobahn angebunden steht. So holen sich die Menschen ihre Kuscheltierchen, ihre Purzelchen, ihre Muschis nach Hause. Und dann kommen Kinder, und die Tiere müssen wieder weg. Oder es kommen Tiere, und die Kinder müssen weg. Oder es kommt ein Auto, und Kinder und Tiere müssen weg. Oder es kommen Kinder und Tiere, und es muss ein Auto her. So entstehen Kleinfamilien. Immer zwei Kinder oder drei, BMW-Kombi und ein Haus.

Omas

Viele Leute haben noch Omas. Viele aber auch nicht. Viele Omas sind von uns gegangen. Wer von euch hat noch eine Oma? Ich frage gar nicht nach. Ich habe ein Lied geschrieben, das heißt »Geh doch deine Oma mal besuchen, bevor es zu spät ist«. Bevor die Oma weggefahren ist, ihr versteht, was ich meine.

Wer denkt denn heute an die alten Leute? Wenn es schneit und glatt ist. Das ist mir selber mal passiert. Eigentlich sollte ich streuen, aber ich hatte verpennt. Da ist eine Oma ausgerutscht und vier Stunden lang sind die Leute achtlos drübergelatscht, bis ich mit dem Schneeschipper gekommen bin und sie zum Nachbarn in den Vorgarten geschippt habe, wo sie dann noch ein bisschen lag. Was will man machen?

Meine Trompete

Ich habe hier eine Trompete, die habe ich geschenkt gekriegt. Und zwar klingelte eines Morgens, es war noch sehr früh, das Telefon bei mir, und ich bin rangegangen:

»Schneider?«

Klack, klack, klack, klack, klack … Es klang wie Zähneklappern … Klack, klack, klack, klack, klack, klack …

»Ja, gerne.«

Klack, klack, klack, klack, klack, klack, klack, klack …

»Hören Sie, ich kann mich jetzt nicht so lange mit Ihnen unterhalten. Aber ich nehme die Trompete gerne an.«

Da hatte mich Inge Meysel angerufen und mir ihre Trompetensammlung vermacht, weil sie selber nicht mehr spielen kann. Sie steht morgens um vier Uhr auf – senile Bettflucht: Je älter man wird, desto früher steht man auf, weil man den ganzen Tag aus dem Fenster guckt.

Und diese Trompete hier stammt aus ihrer herrlichen Trompetensammlung. Früher hatte sie morgens nach dem Aufstehen immer ein paar Takte geübt. Sie taperte jeden Morgen um vier schlaftrunken zum Kühlschrank, holte sich eine Flasche Steinhäger raus und rauchte eine Schachtel Gitanes. So sieht ihr Frühstück aus. Und dann ran an die Trompete für die ersten Übungen. Und da ist es passiert, dass durch den Gegendruck – der ist recht stark, ich weiß nicht, wie viele Pond oder Newtonmeter – ihr Gebiss rausgeflogen und im Putz stecken geblieben ist. Es hatte sich im Flur regelrecht im Putz verbissen. Daraufhin hat sie gesagt, das ist nichts mehr für sie.

Und dann habe ich hier eine schöne Klarinette. Die ist ein Geschenk von Benny Goodman, dem Klarinettisten. Ich bin sehr stolz darauf. Er überreichte sie mir eines Tages mit den Worten: »Da!« Auf Englisch natürlich: »There!«

Wende

Nach der Wende kommt einer aus dem Osten in den Westen und klingelt an der Tür: »Güten Toch! Do sind wir nün ünd bleyben für immor.«

Aus dem Westen kommt einer nach Ostdeutschland: »Mooorgen. Na, kennste mich noch? Ja, ich bin der Horst. Dein Neffe, richtig. Schon gepackt? Na dann ab! Na ab! Dat is mein Haus. Hab ich geerbt. Vom Onkel vom Vater vom Bekannten von unserer Oma. Der hat das 1312 hier gepachtet.«

Beethoven (2)

Ich habe hier ein Buch dabei. Von Beethoven, dem Komponisten. Einem ganz großartigen Komponisten. Solche Komponisten, die im 18. Jahrhundert geboren sind, gibt es heute nicht mehr. Und das ist bei Beethoven zweifelsohne der Fall. Geboren 1770, gestorben 1827. 57 Jahre ist er alt geworden. Das ist für heutige Verhältnisse nicht alt, aber für damalige so na ja. Viele Leute aus dieser Ära sind bereits tot. Auch er selbst. Er starb an einer Krankheit, die für ihn den Tod bedeutete.

Komponist ist ein schöner Beruf. Das Wort kommt von componere, zusammenfügen. Ich hatte eine Eins in Latein. Aber ich will nicht angeben. Es ist nun mal so.

Hier sieht man ein Foto von Beethoven. Er sah ein bisschen aus wie Heiner Lauterbach. Eine Mischung aus Götz George, Heiner Lauterbach, DJ Bobo, Dieter Bohlen und Karl Dall.

Beethoven war zeit seines Lebens auf der Suche nach einer geeigneten Ehefrau gewesen. Er hat aber keine gekriegt. Den Kerl wollte keine haben. Er hat ziemlich viel gesoffen und sah, wie gesagt, ziemlich scheiße aus. Das ist auch von Zeitgenossen überliefert. Die erzählen heute noch davon, wie scheiße und grottenhässlich der aussieht. Immer wenn er sich um eine Frau bemühte, bekam er einen Korb. Später mietete er sich ein großes Lagerhaus, um diese Körbe irgendwie zu verkaufen.

Er hat sehr viel komponiert. Aber dadurch, dass er keine Ehefrau hatte, kam er auch nicht in den Genuss der Ehefrau. Er musste selber kochen, backen, waschen, schlichten, schleudern – das musste er alles selber machen, was sonst die Frau gerne mal übernimmt. Dazu mussten die Männer, wenn man Parterre wohnte, öfter putzen. Oder im Winter Schnee schippen und Salz streuen – wenn man Parterre wohnte. Beethoven ist häufig umgezogen und wohnte oft Parterre. Er komponierte und komponierte und komponierte – wenn er nicht putzte.

Ein Pferd

Immer wenn ich dieses Heft in die Hand nehme, werde ich an meine Kindheit erinnert, obwohl wir dieses Heft damals noch gar nicht hatten. Damals gab es gar keine Hefte. Nur Pixi-Bücher, diese vierseitigen kleinen Heftchen, zehn mal zehn Zentimeter ungefähr. Mit vier bunten Seiten und drei, vier Wörtern Text.

Als ich klein war, war es mein größter Wunsch, ein eigenes Pferd zu haben. Ich habe zum Beispiel Karl May gelesen. Winnetou I, II, III, Durch die Wüste, Durchs wilde Kurdistan, Durch die Kordilleren, Der Schut, Von Bagdad nach Istanbul, sehr ergreifend auch Professor Vitzliputzli. Ich wollte gerne ein Pferd haben, wie jedes Kind. Jedes Kind ist vernarrt, ein Pferd zu besitzen. Doch nur die wenigsten haben die Möglichkeit, durch ihre Eltern billig an ein Pferd zu kommen. Meine Eltern hatten nicht das Geld. Und auch im Reitklub waren wir nicht gerne gesehen, denn im Sommer trug ich den Slip meiner Schwester auf, und im Winter kamen wir gar nicht raus. Da hockten wir die ganze Zeit neben dem Ofen, weil wir keine Sachen hatten.

Jetzt denkt man sich heute vielleicht: Ja, jetzt könnte der Schneider sich doch ein Pferd leisten. Na klar könnte ich mir für achthundert Mark eins vom Metzger kaufen, das sonst zu Sauerbraten verarbeitet worden wäre. Aber was dann? Ich habe durch die Tourneen so wenig Zeit. Ein Pferd muss vierundzwanzig Stunden am Tag geritten werden, sonst ist das Tierquälerei. Aus dem Grund habe ich auch keine Frau mehr. Wenn man eine Frau nur eine halbe Stunde allein lässt, fühlt sie sich schon nicht mehr ausgefüllt.

Wir hatten damals, als ich Kind war, das Pferd des kleinen Mannes. Einen Hamster. Einen Goldhamster. Die sind goldig, ganz putzige Kerlchen. Den hatten wir im Geschäft für sieben Mark gekauft. Die halten aber nicht lange in Gefangenschaft. Im Kinderzimmer sind die ja in Gefangenschaft, und die Kinder sind die Gefängnisaufseher. Später denkt man irgendwann darüber nach und hat als Erwachsener ganz schön dran zu knacken.

Mein erster Hamster hieß Sherry. Eigentlich Chéri, aber wir konnten kein Französisch. Der war ein süßes Tierchen, so goldig. Ich habe mich gar nicht getraut, den anzupacken, der ist den ganzen Tag in seinem Laufrad im Kreis gerannt. Der wurde vielleicht ein Jahr alt, dann ist er an einem etwas zu feuchten Salatblatt eingegangen. Eine traurige Geschichte. Da denkt man ja als Kind nicht dran. Man nimmt die Sachen, die man selber nicht essen will – als Kind isst man ja überhaupt nicht gerne bei den Erwachsenen mit, man will ja immer nur Bonbons essen –, und gibt die dem Hamster.

Mein zweiter Hamster hieß auch Sherry. Er sah ja auch genauso aus. Das war für uns Kinder gar kein Problem. Den ersten hatten wir in einem kleinen Schuhkarton im Wald begraben. Mit einem Kreuzchen neben dem Waldweg. Heute geht die A 3 darüber. Duisburg eben. Immer wenn Zeit ist, gehe ich dorthin und gucke mir die Stelle noch mal an. Das geht natürlich nur an autofreien Sonntagen. Der letzte autofreie Sonntag war, glaube ich, im August 1975. Aber vielleicht kommt ja noch mal einer.

Mein zweiter Hamster – das war auch eine ganz traurige Geschichte –, der war auf einmal weg. Wir haben den gesucht und gesucht – und immer nur so ein herzzerreißendes Quieken gehört. Eine Woche lang hat der gequiekt, bis wir ihn schließlich in der Küche hinter dem mockigen Vorhang am Spülstein gefunden haben. Am Fenster, wo der Bäcker alle zwei Wochen das lange Brot reinreichte. Hinter dem Vorhang stand der Blecheimer mit der Wäschelauge von Tante Erna, die sie immer mit Kernseife und etwas Salz machte. Für das Aroma drückte sie immer eine Mandarine rein. Es gab ja noch kein Sanso für Wolle. Jedenfalls schwamm der Hamster eine Woche lang dort drin immer weiter im Kreis. Wir haben ihn gefunden und gerettet. Ein paar Tage später ist er an einem Schnupfen gestorben. So wie viele Künstler, die auf der Bühne Quatsch machen und nach der Show vor Erschöpfung sterben. Also ich nicht. Jedenfalls heute nicht.

Mein dritter Hamster hieß wieder Sherry. Ich wollte von zu Hause raus. Ich wollte alleine leben. Ich war immerhin schon sechs Jahre alt und die Schule stand bevor. Ich wollte tausend Mark im Monat von meinen Eltern erpressen. Das war damals viel Geld. Aber die haben gesagt: »Du kriegst gar kein Geld. Du kriegst nicht mal Taschengeld. Du bist erst sechs. Du gehst ja noch nicht mal zur Schule.«

Also bin ich von zu Hause weggerannt. Böse und jähzornig, wie es meine Art war, habe ich die Tür zugeknallt, der Hamster war gerade im Sprung – und in zwei Teilen.

Danach durften wir keinen Hamster mehr haben. Dafür haben wir einen Wellensittich gekriegt. Meine Eltern hofften, dass wir mit dem vielleicht anders umgehen. Aber wir wollten einen Hamster haben. Also haben wir den Wellensittich etwas präpariert. Wir haben dem die Flügel und die Füße abgeschnitten, das Hinterteil von dem einen Hamster drübergestülpt, mit einem Kochlöffel die Backen ausgehöhlt und auf jeder Seite einen Maiskolben reingesteckt, damit er ein bisschen wie ein Hamster aussieht. Der Vogel ist sieben Jahre alt geworden.

Ihr lacht jetzt, aber die Realität ist manchmal lustiger als ein Witz.

Ich möchte euch jetzt gerne das Heft zeigen, das ich euch mitgebracht habe: Wendy. Für Pferdefreunde. Ich kann mir zwar kein Pferd leisten, weil ich keine Zeit habe, aber wenigstens habe ich das Heft. So sitze ich ein bisschen an der Quelle und weiß, was die Pferde so machen. Hier vorne ist ein Fohlen drauf, und das da ist ein erwachsenes Pferd. Jetzt denkt man erst, wie, das ist doch viel kleiner als das Fohlen, aber da ist nur der Fotograf weiter weg gegangen, aus Angst oder ich weiß nicht, warum.

Hintendrauf gibt es Malen mit Zahlen, aber ich weiß nicht, ob das das Richtige für euch ist. Der Inhalt ist natürlich stark pferdebezogen. Aber es steht auch etwas über

Sherry.

7 Jahre alter Wellensittich mit "Hamster=ausführung"

Koalabär

andere Tiere drin. Zum Beispiel über Koalabären, die australischen Teddybären. Sind die nicht süß? Kennt ihr Koalabären? Habt ihr die schon mal gesehen? Die sehen so puschelig aus. Die haben eine Nase, da denkt man erst, das wäre ein Schnabel. Das Fell fühlt sich an wie Portemonnaie-Leder. Und die Augen sehen ein bisschen versoffen aus. Süß. Ich hatte selber mal zwei Koalabären. Ehrlich. Aber die haben sich nicht verstanden, das waren zwei Rüden. Ich hatte die in einer Villosa-Box aus Metall, wo vorher Bonbons drin waren. In die hatte ich ein paar Löcher gemacht. Die haben sich darin echt fast zerfleischt. Ich wollte in den Urlaub fahren, aber ich konnte die nicht zusammen lassen. Den einen habe ich an der Autobahn am Papierkorb festgebunden und bin weitergefahren, und den anderen habe ich platt geklopft, in eine Fritteuse getan, in Dreiecke gerissen und beim Mexikaner in so einem kleinen Steingut-Trog auf den Tisch gestellt. Als Chips. Ja, wohin mit den Tieren? Die sind mir ans Herz gewachsen. Die kannst du doch nicht irgendjemandem geben. Das ist doch traurig. Dann lieber der zweitschöne Weg.

Koalabären essen den ganzen Tag nichts anderes als Eukalyptusblätter. Die Australier roden die ganzen Bäume, um flaches Land zu erhalten, wo sie Korn drauf wachsen lassen für Doppelkorn. Und wir sitzen hier in Hamburg und können nichts dagegen machen. Die Welt ist klein, aber doch weit weg.

Hier ist ein Bild, das kommt mir als Koalaist, als Koala-Kenner, etwas komisch vor. Hier: drei Koalabären auf einem Foto. Ein seltenes Bild, denn Koalabären sind Einzelgänger und normalerweise allein unterwegs. Vielleicht haben die die mit Drähten dort festgebunden. Mal sehen, was daneben steht: Ein seltenes Bild, denn Koalabären sind Einzelgänger und normalerweise allein unterwegs.

Waldthriller

Eine kleine Gazelle geht durch den Wald. Plötzlich sieht man im Hintergrund zwei Hände. Es sind die Hände von dem Mörder mit der Strumpfmaske. Die hat er von einer Strumpfhose, die vorher Charly Weiss gehörte und die er ihm heute Abend hier in Lübeck geklaut hat. Es ist also Zukunftsmusik, die ich hier gerade anstimme.

Der Mann mit der Strumpfmaske wandelt auf neutralen Pfaden, denn er befindet sich in einer x-beliebigen Gegend. Die Gazelle sieht das nicht. Von hier ist es auch nicht zu sehen, denn es ist weit weg von hier in einer fremden Stadt. In der Stadt Null. Die kleine Gazelle sieht hinter sich nichts, aber sie spürt, da ist ein Schatten von zwei großen, schaufelartigen Händen, und die wollen mir sicherlich ans Leder.

In einer ganz anderen Straße, der Zitadellenstraße 42–46, hält ein elfenbeinfarbener Passat. Zwei Unbekannte steigen aus. Eine Hausnummer weiter verlässt die 36 Jahre alte Haushaltsgehilfin Mademoiselle Lea Rink den bekannten Röntgenarzt Dr. Kuckuck. Sie hat die Röntgenaufnahmen von einer Gazelle dabei, die vorher da gewesen war und aus einem völlig unbekannten Grund ausschließlich ihre Beinscheibe geröntgt haben wollte. Deshalb hat sie den Kriminologen Dr. Dr. Dr. Lupe herbeigezogen. Dr. Lupe war mit seiner Lupe da gewesen und hat sich daran einen Finger gebrochen. Die Lupe ist nämlich sehr groß. Er ist in sie hineingefallen und hat sich in der Glasscheibe den Arm total kaputt gemacht.

Da: eine Tür geht auf. Ein Mann kommt raus. Ohne Unterbuxe. Es ist der amerikanische Präsident. Seine Frau steht pudelnackt im Hintergrund. Sie hat eine Art Kleid an, darunter Unterwäsche und einen dicken Socken. Den anderen Socken hat sie am anderen Fuß. Dazu trägt sie Stiefeletten aus Saxofonleder in einer Vielfalt, wie man sie bis dahin nicht gesehen hat.

Der Präsident kämpft mit dem Regenschauer, der im Flur auf ihn niederkommt. Er gewinnt den Kampf, weil er mit der Schwanzflosse einmal richtig paddelnd um sich haut. Da: Der Treppenbelag quillt hoch. »Eine Unze Feingold kostet sechzig Dollar« steht dort. Das sind die Börsenspekulationsberichte von 1934. Der Mann, der dort haust, ist schon älter. Ich sage bewusst haust, denn er wohnt in einem Zelt.

Die kleine Gazelle weiß von diesem ganzen Gerümpel nichts, in dem sie sich nun fast befindet, denn der Waldweg endet an ebendiesem Haus in der Zitadellenstraße 42–46. Wir wissen, dass die beiden Unbekannten in ihrem elfenbeinfarbenen Passat nicht mehr leben. Sie sind beide getötet worden. Und zwar durch selbst. Sie hatten keinen Bock mehr, wie es der Zufall so will bei manchen Menschen. Der eine sagt zum anderen: »Hach«, und daraufhin auch der andere.

Plötzlich und unerwartet aus der Stille: ein Knall. Ein BH ist in der Hermannstraße geplatzt. Es ist die Nacht, in der Klaus getrunken hat. Einer von zweien. Klaus und Klaus. Später berühmt geworden als Klaus und Klaus.

Die Gazelle hat ein Briefchen unter dem Arm, in dem sie sich vorstellt, als Pinselhalter für den Barbier in der Oper Der Barbier von Sevilla aufzutreten. Sie denkt, das muss nicht ein Mensch sein, das kann auch eine Gazelle können. Der Waldweg ist aufgeweicht, weil vorher Peter Hoffmann dort langgegangen ist und geschwitzt hat. Die Gazelle geht ins Dunkle, die Mama ist weit weg. Die Gazelle weiß aber, irgendwo muss die Mutter sein. Sie sucht sie fast praktisch.

Da kommt ihr ein Adler entgegen. Der Adler ist ungefähr kniehoch, genauso wie die Gazelle. Er ist zu Fuß unterwegs, denn er hat keine Lust zu fliegen, aber auch kein Geld mehr, und sein Adler-Ticket ist abgelaufen. Er ist kurzsichtig, sodass er die Gazelle nicht sieht. Die Gazelle und der Adler begegnen sich immer mehr. Spannung kommt auf. Zwei Meter. Ein Meter neunundneunzig. Ein Meter achtundneunzig. Zwei Meter. Sie sind getrennt voneinander unterwegs. Der eine läuft in die eine Richtung, der andere in die andere. Sie müssen sich begegnen. Doch was passiert nun? Der Witz ist zu Ende – nein, nur Spaß, er geht noch weiter. Das ist alles erst die Vorgeschichte.

Da teilen sich die Büsche. Charly Weiss kommt raus und sagt: »Wer hat mir meine Strumpfhose geklaut?« Eine Stimme aus dem Himmel. Die Stimme von Hans Clarin, dem Märchenerzähler.

Da war Hildegard Knef. Man sieht, wie ihre Füße aus der

Erde gucken. »Ich bin's, Hilde.« Sie singt der Gazelle ein Lied vor, sodass der Adler weinen muss. In einem Meer von Tränen schwebt der Adler nach Hause und hat doch einiges dazugelernt.

Die beiden Angler am Strand aber schlagen ihre Beine übereinander, und der eine sagt zum andern: »Sag mal, sind wir zum Angeln hier oder tanzen wir ein bisschen?«

Jacques Cousteau

Wir gleiten in einer Tiefe von viertausendfünfhundert Metern durch den Ozean. Neben mir in der kleinen Gondel steht Kapitän Jacques Cousteau, einer der bekanntesten Kapitäne der Erde. Er trägt einen Taucheranzug von Armani, Ohrringe von Giuseppe Versace und eine kecke Kappe aus dem Quelleversand. Sie ist rot. Eine gestrickte Wollmütze mit einem Plümmel obendrauf. Dazu Schuhe von einer Schuhfirma. Da: Ein Sonnenstrahl erhellt den Ozeangrund für mehrere Sekunden. Ein Teufelsfisch nähert sich unserem kleinen Boot. Wir sind nur durch eine null Komma drei Millimeter dicke Plexiglas-Scheibe von seinem Gesicht entfernt. Doch er ist ungefährlich. Es sei denn, man ärgert ihn, indem man ein Stück Papier in die Hand nimmt und damit Buh macht. Das lassen wir lieber bleiben. Er führt auf seinem Rücken zwei Putzerfische mit sich, die eine Mid-Right-Position eingenommen haben. Sie haben beide Eimerchen dabei. Ich nehme an, der Teufelsfisch nimmt sie mit an den Strand.

Wir gleiten über ein Korallenriff. Das Riff muss mehrere Milliarden Jahre alt sein. Es schillert in allen Farben: in Rot und in Blau. Eine alte Amphore will uns wohl eine Geschichte aus längst vergangenen Tagen erzählen. Eine Moräne, noch eine kleine Moräne – die Mutter bringt ihr Kind zur Grundschule. Ein Taschenkrebs auf dem Weg zur Arbeit. Er müht sich sichtlich ab mit den schweren Aktentaschen, die eigentlich für Menschenhand gemacht wurden. Der arme Kerl. Da: ein Schalenkrebs. Er macht sich schick. Ganz in Schale will er heute Abend zur Vogelhochzeit. Eine Herde Kampffische interessiert mich nicht. Sie gibt es oft zu sehen.

Wir tauchen vor der japanischen Küste auf. Hier tummeln sich die Perlentaucherinnen. Mit einem anmutigen Lächeln stürzen sie sich in die Tiefe. Sie können bis zu sechshundert Meter tief tauchen, ohne Luft zu holen. Sie kaufen auf dem Grund der See die Perlen, damit Omas aus Holland und aus Deutschland sie sich um den Hals hängen können und ihre Männer, die die Perlen bezahlt haben, scharf auf sie werden und, wenn ihre Frauen die Perlenketten umhaben, sofort anfangen, an deren Beinen rumzurubbeln.

Wir sinken. Die tiefste Stelle der Welt. Der Mauritiusgraben. Achttausendzweihundertneunzig Meter tief. Hier ist nichts. Gar nichts. Kapitän Jacques Cousteau kramt eine kleine Taschenlampe aus seiner Unterhose. Ein kleiner Druck auf die Tastatur der Lampe, und wir sehen etwas, was wir noch nie zuvor mit unseren eigenen Augen gesehen haben: Krill. Krill steht auf dem Speiseplan des Grauwals auf Seite eins. Und da kommt er schon. Der Grauwal ist eines der größten lebenden Lebewesen unter den lebenden Tieren der Welt. Dreißig Meter hoch, sechzig Meter breit und neunhundertachtzig Meter lang ist dieses Exemplar. Es hat

Rote Strickmütze!

ein paar Freunde mit. Einen Delfin, zwei Schwertwale und einen halben Taucher. Der Grauwal schaut uns mit seinem riesigen, zwölf Quadratmeter großen Auge an. Mir stehen die Haare zu Berge. Ich bekomme Angst. Doch der Grauwal reicht mir die Hand zur Freundschaft. Ich nehme sie an. Cousteau auch.

Der Grauwal lädt uns ein. »Kommt mit, Freunde«, sagt er zu uns. Wir können nicht Nein sagen. Wir schwimmen hinterher. Zunächst geht es in ein kleines Café, wo der Grauwal etwas aus seinem Leben erzählt. Mit übereinandergeschlagenen Beinen sitzt er da und raucht eine Zigarette, erzählt aus seiner Kindheit, wie er noch kein Wal war. Das Studium hat bei ihm lange gedauert, mehrere Semester. Auch seine Freunde kommen zu Wort, vor allem der halbe Taucher. Er erzählt uns sein Schicksal. Er erzählt uns, dass er von einem Hai zerrissen wurde. Wir werden stutzig. Gibt es etwa Haie dort, wo wir uns befinden? Das kann doch wohl nicht wahr sein!

Wir bedanken uns nach diesem Gespräch und tauchen auf. In der See von Acryl dümpeln wir auf der Calypso vor uns hin. Falco, der Taucher, zeigt uns seine beiden abgeschnittenen Finger. Cousteau hat Hunger, er will sie braten. Doch Falco gibt sie nicht ab. Die Sonne zeigt sich in ihrem purpursten Gewand mit einem Kragen aus Hermelin. Es will wohl Abend werden. Cousteau will kochen. Er kann nicht kochen und fällt hin. Unglücklicherweise rutscht er über die Reling, und da kommt auch schon der – ja, der Geselle, von dem uns der halbe Taucher erzählt hat. Der weiße Hai. Da kommt er an. »Guten Tag, ich bin der Hai. Ich will Cousteau fressen.« Zack, schon passiert. Das Einzige, was von Cousteau übrig bleibt, ist seine schöne rote Plümmel-Mütze. Da schwimmt sie. Da schwimmt sie, die kleine Plümmel-Mütze aus Wolle von Kapitän Jacques Cousteau.

Aber was ist das? Was kommt denn da angeschwommen? Eine Kiste aus Holz. Das kann doch nicht wahr sein. Da liegt jemand drin. Das ist doch – nein – Ernest Hemingway! Und da, die nächste Kiste! Nein, sie schwimmt vorbei. Aber aus der Kiste guckt jemand heraus, den ich von irgendwoher kenne. Aus dem Fernsehen vielleicht? Ja, es ist Wim Thoelke, der bekannte Showmaster! Noch eine Kiste. Eine dritte Kiste! Jetzt wird es mir aber unheimlich. In der dritten Kiste ist Peter Toulouse, unser Schlagzeuger. Ist er das? Tatsächlich! Die Nase ragt so weit raus, dass auf ihr ein Segel mit einem Totenkopf und zwei sich überkreuzenden Knochen gesetzt wurde. Da. Noch eine Kiste. Das kann nicht wahr sein – das bin ja ich. Ich. Ja. Aber. Ist es möglich, dass ich dies alles nur geträumt habe? Und wenn nicht? Doch. Ich habe es geträumt. Ein Traum. Ein Nebel. Ich verschwinde in einer Nebelwand.

Volkshochschule

Ich habe in der Volkshochschule einen Tanzkursus belegt. Mit Käse. Nein, natürlich kann man einen Tanzkursus nur mit sich selbst belegen. Ich war in diesem Tanzkursus »Tanzen ohne Neid und Hammel«. Ein toller Kursus. Ich bin leider nur Dritter geworden. Ich war ziemlich sauer, als die Ausscheidungs-Kämpfe waren. Nicht ohne Neid will ich sagen, gut, der Tanzkursus war nicht billig, ich habe ein paar Schritte gelernt – ein paar Durchfallschritte, die ich heute Abend nicht machen möchte, ein normaler Konfirmandenschritt war auch dabei. Und ganz viele Schritte habe ich mir nachher autodidaktorisch beigebracht.

Ich will den Tanz gleich machen. Es ist ein Stück, was ich erst tanze, dann singe ich, dann greife ich zur Flöte, und anschließend singe ich noch mal. Es ist also ein sehr langes Stück, aber nicht zu lang, denn wir spielen es in einem Tempo, wo selbst ein Affe sagen würde: »Mann o Mann, das ist mein Tempo!«

Nebenan war ein Kursus »Backen ohne Mehl«. Da war ich auch noch drin, war aber nicht zufrieden. Der Kursus kostete vierzig Mark und dauerte zwei Jahre. Ich hab da aber nur kurz reingeguckt, für mich war das nichts. Backen ohne Mehl, und dann kommen die an mit Kamillentee, oder man soll einen Kuchen backen ohne Mehl und nur mit Weintrauben und Schokolade.

Zwei Türen weiter gab es noch den Kursus »Ficken ohne Frau«, da habe ich die beiden Peters kennengelernt. Charly Weiss war der Kursleiter. Ich habe eine Schnupperstunde mitgemacht. Hat mir nicht gefallen. Der Kurs dauert vier Jahre. Täglich zweieinhalb Stunden. Je nachdem am Wochenende zweimal sechs Stunden. Und der Kursus kostet trotzdem sechzig Mark, das ist mir dann doch zu teuer.

Meine Band

Ich sag mal meine Band an. Seine Eltern sind Steuerberater, also normale Menschen wie du und ich. Und als es einmal geregnet hat, so wie heute, da hat die Mutter zum Vater gesagt: »Och, komm, wir gehen ins Bett. Wir machen einen Sohn oder so ähnlich. Vielleicht 'ne Tochter.« Und da hat der Vater gesagt: »Och, ich will aber lieber 'ne Knackwurst.« Und ein Mittelding haben sie zustande gebracht. Das ist der Carlos Boes am Tenorsaxofon, meine Damen und Herren.

Er kommt aus einem ganz dollen Land, das heißt Russland, aus der Ukraine, dort aus dem kleinen Städtchen Minusgrad. Es heißt, es ist sehr kalt da. Er ist von zwei Bären im Wald erzogen worden. Eine Elster hatte denen ein Ei aus einem Menschengehege untergejubelt und dem einen Bären einfach unter den Bär geschoben. Der hat das dann an einem heißen Sonntag im Mai ausgebrütet. Da hörte man auf einmal aus diesem kleinen Menschenei von innen Geräusche und, paff, ein Bart kommt rausgeschossen wie von einer Fontäne angestachelt, und die Bären haben sich so gefreut. Meine Damen und Herren: Dr. Ursula Jäger! Nein, falsch.

Falscher Name. Das ist der Name von dem Arzt, wo er jede Woche hinmuss. Sergej Gleithmann aus der UdSSR!

Dumdideldey Johnson ist sein Trompetenlehrer gewesen. Der kommt aus den USB, den Vereinigten Staaten von Belgien. Seine Eltern haben ihm eine Trompete ins Kindbett gelegt, und da hat er schon als Säugling dran genuckelt. Schon als Dreijähriger hat er die ersten Töne darauf gespielt. Er hat Fortschritte gemacht, ist von zu Hause fortgeschritten. Eigentlich haben sie ihn rausgeschmissen wegen Eigenbedarf. Meine Damen und Herren: Peter Holl an der Trompete!

Aus Australien kommt unser ältestes Mitglied der Band, obwohl, Mitglied kann man eigentlich nicht mehr sagen. Er hat ihn ein halbes Jahr in Australien stecken lassen, wahrscheinlich in einem Kängurubeutel, und ist dann hierhergekommen. In Australien ist jetzt Winter, es liegt ja auf der anderen Hälfte der Erde. Und da hatte er sich gedacht, och, im Winter fahre ich nach Deutschland, dann ist dort Sommer. So hat er sein ganzes Rentnerleben-Dasein jetzt Sommer, und mit seinen hundertzehn Mark im Monat kann er so schöne Sachen kaufen wie Tomaten und so weiter. Meine Damen und Herren, aus Australien, heute Abend zweiundsechzig Jahre alt: Rudi Olbrich am Kontrabass. Der Kontrabass ist übrigens eines der ältesten und schönsten Instrumente, wird aber nur ganz selten gespielt. Es gibt nur drei Millionen Kontrabass-Spieler auf der Welt, die ähnlich gut spielen wie er.

Meine Damen und Herren, an seinem selbst gebastelten Schlagzeug ist er praktisch nicht mehr wegzudenken. Es gehört genauso zu ihm wie seine Getreidemühle, wo er sich neulich morgens beim Mähen, äh Mahlen, vor Aufregung dreißigmal den Sack drin gewickelt hat. Meine Damen und Herren, dieses Instrument ist ganz toll. Er hat es selbst gebaut. Einige Einzelteile hat er nachbestellen müssen. Zum Beispiel von der Firma Schildkröt aus Ziegenleder – sein Gesicht. Meine Damen und Herren, das war Peter Thoms.

So. Er saß ganz alleine mit der Gitarre und seinem Anzug mit dem Rüschenhemd in einem Secondhandshop und bot sich zum Verkauf an. Meine Damen und Herren, er sieht so gefährlich aus, unser Burzelchen. Aber er ist ein lieber Junge. Er ist zwölf Jahre alt und malt sich mit Kohle immer so ein bisschen einen Bart ins Gesicht, damit er bei den Erwachsenen mitspielen kann. Er ist Italiener. Seine Mutter ist Italienerin, sein Vater ist auch Italienerin, glaube ich, soweit es den Ausweispapieren zu entnehmen ist. Meine Damen und Herren, seinen Namen muss man sich merken, er ist sehr schwer auszusprechen: Sandro Giampietro, Gitarre. Applaus!

Kriege ich mal ein Schlückchen Tee eben? Sandro sagt gerade auf Italienisch, es zieht. So, das ist der Willi, der hat mir hier eben ein bisschen Melissentee gekocht, damit ich gleich ein bisschen beruhigt bin. Oh, bin ich müde schon. Willi ist ein Ausbildungsberuf und dauert drei Jahre.

Einer meiner Musiker hatte ein bisschen Angst um sein Leben. Es zieht auf der Bühne. Aber jetzt hat es aufgehört. Ich habe die Lüftung ausstellen lassen. Eben, als ich am Klavier saß, lieber Sandro, da habe ich schon geschaltet, denn ich habe gemerkt, wenn man so eine Glatze hat wie du, dann muss man natürlich aufpassen. Da muss man immer gut behütet sein. Er lebt in einer Kiste, die mit Glaswolle ausgepolstert ist, und so kann normalerweise tagsüber kein Zug an ihn kommen.

Berufswahl

Viele Leute, die auch heute Abend hier sind, haben Probleme. Das größte Problem ist oft erst mal gar nicht so zu bemerken. Zum Beispiel die Berufsentscheidung: Was will ich werden? Wer will ich sein? Als Kind ist man ein bisschen überfordert, und als Jugendlicher oder jugendliche Jugendlichin muss man sich dann schnell entscheiden: Was willst du werden?

Ich habe selber Kinder, ich weiß, was das für ein Problem ist. Für mich war es ja damals auch ein Problem. Ich hatte mich für Tiefbauarbeiten entschieden. Bordsteine setzen. Ich hatte damals aber auch eine andere Figur. Ich hatte Anabolika gegessen. So ein Schulterpaar hatte ich, ehrlich, ohne scheiß. Ich konnte hundertsechzig Kilo stemmen. Aber dann habe ich mich gefragt: Helge, ist das dein Beruf? Die Finger – rissige Haut. Soll ich damit Klavier spielen? Ich hatte damals schon Klavier gespielt und mich dann für die Künstlerkarriere entschieden.

Aber meine Kinder zum Beispiel. Die eine Tochter sagt: »Papa, ich will Polizei werden.« Ja, was soll das denn? Und die andere sagt: »Papa, ich möchte Bauernhof werden.« Und ich sag: »Pass bloß auf, du kriegst gleich Bauernhof links und rechts um die Ohren!« So eine blöde Frage. Da sind die fast schon selber schuld, dass die gar nichts werden bei so doofen Fragen.

Aber es gibt auch noch andere Leute, zum Beispiel ein Zahnarzt. Der denkt vielleicht: Scheiße, ich wollte eigentlich Henker werden. Aber ihm fehlte dafür das Abitur. Heute sollte man ja verschiedene Abiturata haben. Also quält er seine Patienten eben so. Macht einfach überall Amalgam rein oder alle Zähne raus. Amalgam rein, Amalgam raus. Gold rein, Gold raus. Oder Zähne tauschen. Hier, ich krieg deine Zähne, du meine Zähne.

Ein anderer Beruf ist zum Beispiel – da habe ich mal von gehört – Astronaut. Das ist ja eigentlich ein Beruf, von dem man als junger Bub oder als Madel träumt. Aber da kommt man einfach nicht dran, Astronaut. Das ist sehr schwer. Es gibt Astronauten, die sind vierhunderttausend Kilometer mit der Rakete Richtung Mond geflogen, da soll so eine kleine Reparatur am Mond gemacht werden, die Linse putzen oder so. Der Astronaut fliegt also in einer engen Kapsel und sitzt da so gekrümmt drin. Um die Erdatmosphäre zu durchbrechen, muss er diese spitzwinklige Form annehmen, die wir alle vom Pythagoras kennen. Und in dieser Figur sitzt er in der Kapsel, die um seinen Körper herum mit Gips und Kartoffelschalen modelliert wurde, damit das nicht so schwer wird. Und eine null Komma zwei Millimeter dicke Betonhaut hält als Hitzeschutzschild stand. Die Knöpfe sind vor den Fingerspitzen in einer ungeordneten Anzahl in einem Tennisball versteckt, wo man von innen nicht drankommt. Eine Kompliziertheit jagt die andere. Der Pilot sitzt in der Kapsel. Er schwitzt in der Kapsel. Er muss sehr und füllt den Rest der Kapsel dann vollends aus, und dann sind die ganzen Knöpfe verschmiert. Und auf einmal denkt der: »Och nee, das ist aber ein scheiß Beruf. Weißte wat, ich will was anderes werden!«

Er will Rossschlächter werden. Das ist mehr nach seiner Fasson. Und dann wird natürlich eine Rakete gestartet, ein Ross wird da reingetan, das muss sich natürlich zum Üben zur Verfügung stellen, damit der seine Umschulung machen kann. Das wird alles vom Staat bezahlt, und dafür muss man natürlich auch Verständnis haben.

Auf Wiedersehen

Die, die heute nicht hier waren, können von mir aus bleiben, wo der Pfeffer wächst. Ihr kommt ja morgen wieder. Ich freue mich auf euch. Ich möchte mich noch beim Staat bedanken, der es uns erlaubt, uns hier in dieser Höhle zu treffen. Noch. Ich freue mich auf das nächste Jahrtausend. Vielleicht verbringen wir ja auch noch mehrere Jahrtausende zusammen, meine Damen und Herren. Ich bin da. Auch wenn viele aus Berlin sind und ein paar nicht. Berlin, die Stadt der Steppen.

Es war mir ein Vergnügen, heute hier auftreten zu müssen. Es hat mir wohlgetan. Ich fand euch alle super spitze, gut gekleidet, hervorragend situiert. Hier vorne steht eine Handtasche, ich weiß nicht, wem die gehört, aber es gibt sicher ein paar Langfinger unter euch, die sich dafür interessieren. Wir hatten Mädchen und Jungen heute hier in der Show, im Publikum. Wir auf der Bühne waren leider nur Männer, wir sind im Moment nur zu dritt unterwegs. Keine Frauen dabei. Weil ich alleine spiele. Vielleicht sehen wir uns auch zum letzten Mal. Ich bin ja jetzt zweiundvierzig Jahre zusammen.

Ich will demnächst auseinandergehen und eine Solokarriere beginnen.

Ich bedanke mich bei euch und wünsche euch ein schönes Weihnachtsfest. Es wäre schön, wenn ein kleines Briefchen, ein Geldbetrag, bei mir zu Hause eintreffen würde. Ganz schlicht. Ein Schein. Ein großer Schein. Muss ja kein blauer sein. Kann auch ein brauner sein. Damit ich Gutes tun kann mit diesem Geld. Sechzig Prozent gehen an den Staat, der davon Siemens und Gewehre bezahlt. Früher hat man gesagt: Schwerter zu Pflugscharen! Heute möge ich wagen zu behaupten, dass es zutreffen könnte, wenn man sagen könnte, wollte man wollen, dürfte man können und dürfte man meinen: Gewehre zu Baumscheren! Was immer das auch heißt. Also Tschüss. Ich gehe mal.

Hamburg

Hört ihr das? Die U-Bahn. Hier ganz tief unten, in weiter Ferne fährt die U-Bahn vorbei. Die hört man manchmal, und dann denkt man: Oh, ist das romantisch. Wer sitzt da wohl drin? Xavier Naidoo? Oder Guido Westerwelle? Immer ganz alleine. Ein trauriges Bild: Westerwelle ganz alleine in der U-Bahn. Sitzt dadrin und fährt immer hin und her. Um auf diese Art und Weise Wählerstimmen zu fangen und sich der Öffentlichkeit zu zeigen. Bis in den Sackbahnhof rein und dann verschlafen.

Das ist mir mal in Mailand passiert. Ich war noch nie in Mailand. Kenn ich noch nicht. Habe ich verschlafen. Bin im Sackbahnhof aufgewacht. Musste ich nach vorne laufen.

Hamburg ist eine wunderschöne Stadt, das habe ich heute mal wieder festgestellt. Ich trete auf die Straße, plötzlich ist es rutschig. Ich rutsche aus. Hüfte rausgesprungen. Ich denk, was mach ich jetzt? Ich habe das Bein über die Schulter genommen und bin ins Hotel gehüpft. Da habe ich mich bei der Ganzkörpermassage angemeldet und den Preis gesehen und – zack – war die Hüfte wieder drin.

Vorgestern, bei meinem ersten Auftritt, bin ich hier auf der Bühne hingefallen. Das ist eine denkwürdige Stelle, genau hier bin ich mit der Backe aufgekommen, aber ich habe mir nichts getan. Ich habe immer einen Schutzengel dabei.

Kriege ich noch einen Schluck Tee? Der ist sehr lecker. Was ist das für ein Tee? Ist das Holztee, wie immer? Natürlich kein Echtholz, sondern Laminat. Ist doch sonst zu teuer. Gebrauchtes Laminat aus verwohnten Wohnungen. Also der hier schmeckt ein bisschen nach Käsefuß. Stammt wahrscheinlich von der Stelle zwischen Badezimmer und Schlafzimmer, wo man sehr lange barfuß wartet.

Die Liebe

Als der liebe Gott die Erde schoff, schief, auf die schiefe Bahn warf, hatte er noch Reste von Planetenmasse und dachte sich, och komm, mache ich noch einen Planeten. Und er nannte den Planeten »Erde«. Eigentlich nicht Erde, sondern »Earth«, weil er Amerikaner ist. Ist so. Was soll man machen? Man ist da reingeboren worden, und dann ist man Amerikaner. Deswegen heißt er auch nicht »Gott«, sondern »God«.

Als er die Erde gemacht hat, hatte er aber nicht bedacht, dass er die Kontinentalplatten so konstruiert, dass sie ein bisschen schwimmfähig sind, sonst reißen die nämlich auseinander. Das hatte er nicht gewusst. Und er hatte auch nicht gewusst, dass sie gleichzeitig eine unglaubliche Gegenkraft entwickeln und dadurch die Schweiz entstand. Da ist innerhalb von zwei Minuten ein Gebirge entstanden. Und dann ging das ziemlich schnell los: sofort Skilifte drauf, Tourismus, TUI und so weiter.

Die anderen Platten sind auseinandergerissen worden. Australien zum Beispiel. Oder England, was früher eigentlich zu Sylt gehörte. Helgoland gehörte zu Duisburg, das

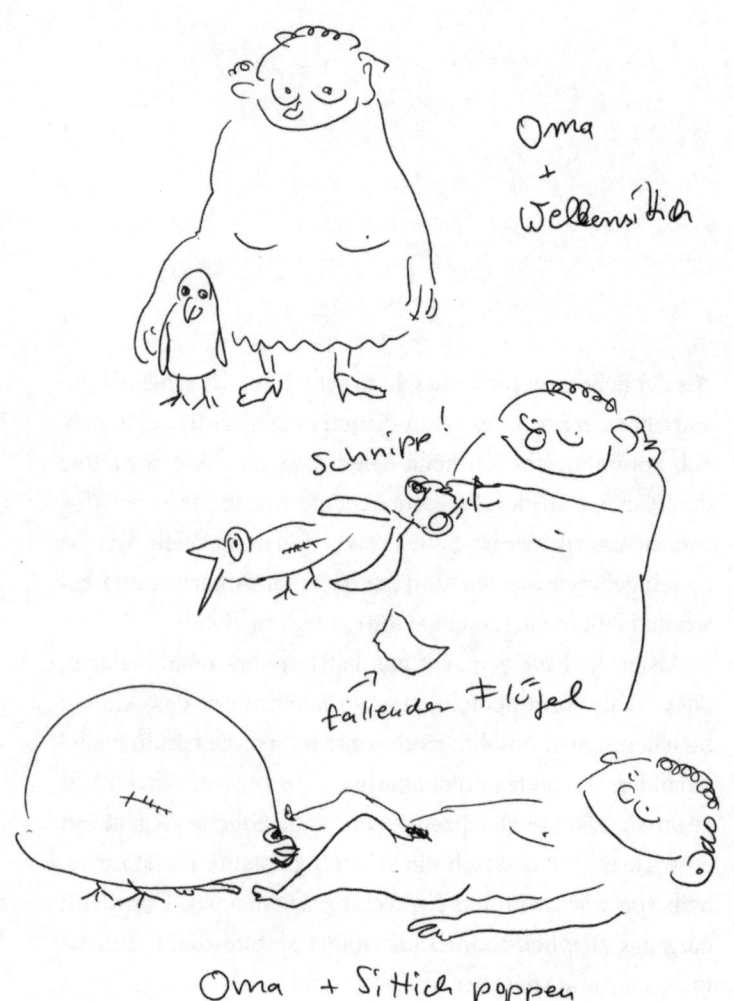

wissen die wenigsten, und Las Vegas gehörte eigentlich einmal zu Mönchengladbach. Das liegt auf demselben Breitengrad, nur viel tiefer und auf einem anderen Längengrad.

Die Liebe gibt es zwischen Pflanzen und Tieren und Menschen. Der liebe Gott hat damals zwei Menschen auf der Erde ausgesetzt, die er aber nicht Adam und Eva nannte. Ich habe Kontakt zu verschiedenen Wissenschaftlern, zum Beispiel Stephen Hawking. Wir telefonieren täglich und reden über das All. Er sagt dasselbe, was auch ich sage, dass das All nämlich unheimlich riesig ist. Daher kommen auch die Worte »All« oder »all« oder »Allkauf«. Die nutzen das natürlich für sich aus, besonders Schlecker und Allkauf. »Alles billig« – kommt alles von »All«. Oder von »Ahle«, der Schusternadel. So hat alles irgendwie seinen Grund.

Und wie gesagt, wen wir unter Adam und Eva kennen – die Namen haben sich die Menschen ausgedacht –, hat Gott eigentlich Jochen und Angelika genannt. Obwohl er Amerikaner ist, hat er gesagt, komm, nehmen wir heute mal deutsche Namen.

Die nächste große Liebesbeziehung war zwischen einem Wellensittich und einer Oma. Normalerweise denkt man wegen des Größenunterschieds: Das geht doch gar nicht. Aber wir reden nicht von Sexualität. Der kleine Vogel ist von der Oma im Geschäft gekauft worden. Er lebte in einem kleinen Käfig und fühlte sich wohl. Die Oma hatte ihm, damit er keinen Mist baut und zum Schutz vor sich selbst, die Flügel mit der Geflügelschere abgeschnitten. Weil er sonst vielleicht aus dem Fenster geflogen wäre. Die Oma hatte ausgerechnet, dass die Quadratfläche der Flügel zu klein für den schweren Vogel wäre, denn sie hatte ihn total gemästet. Immer schön Leberwurst in den Schnabel. Der war nachher so groß wie die Oma selber, denn die wollte mit dem poppen.

Las Vegas

Wir bereiten uns gerade für die Amerika-Tournee vor. Nicht nur mit dem Outfit, damit ich da nicht so auffalle – deshalb der Militärhelm auf meinem Kopf –, sondern auch musikalisch, textlich und von den Ansagen her. Ich muss mich mit den Menschen dort ja auseinandersetzen und unterhalten können. Deshalb habe ich heute ein bisschen Englisch dabei. 2008 geht's nach Amerika – nachdem es im Sommer 2008 nach Japan geht. Die wollen uns auch, die Japaner. Dort haben wir einen Auftritt im Jugendheim. Da gibt es einen schönen, schallisolierten Raum im Keller, in den ungefähr fünfzig Leute reinpassen. Wir hoffen, dass es voll wird. Und dann geht es direkt weiter nach Las Vegas. Die haben mir einen Zehn-Jahres-Vertrag angeboten. Ich weiß nicht, ob ich das machen soll. Johannes Heesters hat mich vorgestern angerufen und gesagt, er hätte unterschrieben. Er hat denen einen falschen Ausweis vorgelegt, auf dem er genau hundert Jahre jünger ist. Hat einfach aus der Acht eine Neun gemacht.

Las Vegas, das ist die Chance. Die Chance. Wenn du als Künstler dort auftrittst, als Musiker oder Artist, da gibt es nichts Höheres. Das ist super. Sigrid und Rolf, die beiden Zauberer, haben das auch geschafft. In Bremerhaven haben die sich auf dem Schiff zwar nicht kennengelernt, aber die sind von dort aus losgefahren. Der eine war Stewart, der andere Putzmann – oder doch Kaffeekoch? Putzhilfe auf einem Schiff ist eine unheimlich schwere Arbeit. Man muss zum Beispiel lange die Luft anhalten können, weil man das Schiff auch von unten putzen muss. Das kann man beim Kielholen – mal kurz links und rechts mit dem Schwämmchen wischen – leicht erledigen.

Sigrid und Rolf haben es in Las Vegas echt zu was gebracht. Die haben einen Riesenerfolg da. Die haben ganz tolle Nummern gebracht. Wenn ich nur daran denke: Der Sigrid geht durch einen laufenden Propeller durch. Schrap schrapp schrapp schrapp, und dann kommt auf der anderen Seite so ein Geschlönz raus. Der wird tatsächlich in Streifen geschnitten. Dann kommt der Rolf mit dem Staubsauger und saugt das auf. Und dann geht ein Aufschrei durchs Publikum, als plötzlich hinten aus dem Staubsauger – dort, wo eigentlich der Stecker ist – ein rosa Elefant rauskommt. Eine Kreuzung aus Marzipanschwein und Elefant. Ein lebender Elefant, das muss man sich einmal vorstellen! Das ist unbelievable! Und dann reiten die auf dem Elefanten – der Sigrid immer vorne, der Rolf immer hinten, wie auch beim Fernsehgucken – und fliegen auf dem Elefanten über die Köpfe der Zuschauer hinweg und zurück und sind: Teppich. Teppich! Sind nicht mehr wiederzuerkennen. Zwei Flokati-Teppiche, die auf einmal groß wachsen und Ziegenpeter sind – das ist Mumps, eine Krankheit. Und dann kommen zwei aus der ersten Reihe auf die Bühne und sagen: »Aua, aua, ich hab Ziegenpeter.« Und dann sind das – zack – plötzlich Sigrid und Rolf! Diese Zaubertricks sind wirklich unbelievable.

Dann gehen sie noch nackt über eine Glasplatte. Man kann von unten gucken, aber man sieht nichts. Da wird viel mit Spiegeln gearbeitet. Das habe ich heute im Fernsehen gesehen. Die sind doch verrückt, die verraten ja jetzt Zaubertricks. Zum Beispiel, wie man einen 33-Tonnen-Sattelschlepper verschwinden lassen kann. Das wusste ich doch schon immer. Dafür muss man nur einen Führerschein haben. Das ist das Einfachste von der Welt. Aber die kleinen Sachen zaubern, das ist schwer. Zum Beispiel hat einer mal eine Apfelsine genommen und wollte von mir zehn Mark haben. Und dann hat der auf einmal aus der Apfelsine die zehn Mark geholt. Da hatte ich vorher ein Bild draufgemalt und die so gekennzeichnet. Ich weiß bis heute nicht, wie der das gemacht hat. Der ist ganz berühmt geworden dort, in der Straße, in der er wohnt. Aber sonst hat man von ihm leider nichts mehr gehört.

So ist das mit der Welt: Wer groß aufträgt, wird auch berühmt. Deshalb habe ich angefangen, mich zu schminken. Als Helge. Ihr wisst ja gar nicht, ob ich das selber bin. Könnte ja sein, dass es verschiedene Schauspieler gibt, die mich nachmachen. Die ich zeitgleich zu Konzerten schicke. Wo das Band auch läuft. Wenn das rauskommt, ist das natürlich schlimm.

Meine Damen und Herren, liebe Kinder! Sigrid und Rolf. Ich habe da mal so eine Show gesehen und nachher geguckt, ob in dem Raum wirklich ein Elefant gewesen war. Das kann man daran erkennen, ob dort überall Elefantenlosung liegt. Die machen ja überall hin. Aber ich habe nichts gefunden. Nur die von Sigrid und Rolf.

Fernsehen

Im Fernsehen läuft ja nur Scheiße. Das ist wirklich das Allerletzte, was die einem da bieten. Zum Glück ist im September diese Scheiße vorbei, wie heißt die Sendung noch? Sabba Christiansen. Das ist noch schlimmer wie Jauch. Das ist fürchterlich. Eine Verschwendung von Teleminuten, das ist unglaublich.

Oder diese Serie »Lindenklinik«, die läuft seit dreißig Jahren. Da richten die Leute ihre Lebensgewohnheiten nach aus und umgekehrt. Die Sendung richtet sich auch nach dem normalen Leben. Deshalb haben die so viel Erfolg. Wenn man das schaut, denkt man, man wäre normal. Das wollen die.

Was donnert da? Habe ich irgendetwas Falsches gesagt? War nur Spaß! Fernsehen ist gut! Eine Bereicherung für das Leben! Der Fernsehgott ist der beste Gott!

Aber es gibt Sendungen, da rollen sich dir die Fußnägel nach oben. Das ist so was von ekelhaft. Ein paar Sachen sind gut, zum Beispiel »Drei Tiere aus Gulasch raten«. Da muss ich sagen, da haben sie Fantasie gezeigt. Da gab es eine Frau, die hat sich entblättert, und wenn einer angerufen hat, hat sie an einer Tafel immer geguckt, ob das auch wirklich Gulasch ist. Bei Hirsch hat sie natürlich gesagt »Nee, das ist Ragout« – das hatte sie von selber geraten, andere Sachen musste sie aus der Regie abfragen. Wenn es kein Gulasch war, hat sie den BH anbehalten. Aber zum Schluss hat sie den BH ausgezogen. Ich hab dann immer in letzter Sekunde umgeschaltet, bevor ich etwas sehen konnte, was mich nachher auf den Plan gerufen hätte. Weil ich ja gleichzeitig ein Hüter von Anstand und Labberigkeit bin.

Und dann gab es diese Sendung »Richter Salesch«. Die war gut. Da ging es um Mord. Das waren aber Schauspieler, die als Mörder infrage kamen und glaubwürdig aussagten: »Ne ne, ich war dat nich. Ich konnte das gar nich sein, weil der Mord um 22:03 Uhr passiert ist und ich morgens einkaufen war.« Da habe ich umgeschaltet zu »Medical Detectives«. Da lag einer auf dem Seziertisch, und ich habe gesagt, nee, da guck ich gar nicht mehr hin. Das ist ja immer dasselbe. Immer dieselben Fälle. Wir haben Luminol auf dem Fußboden ausgeschüttet, zu sehen an den Flecken. Das ist Realitie Tivi, wo man richtig Angst kriegt. Aber eine Sache ist gut, dort geht es um Recht und Ordnung. Da haben sie eine Oma gekriegt, eine ganz gefährliche Frau. Die ging mit ihrem kleinen Fotz-Terrier spazieren, nein, entschuldigen Sie, Fox-Terrier. Man muss ja nicht immer lachen, wenn ich mal einen Fehler mache! Wie unreif ist das! Ohne Leine ging die mit dem spazieren, obwohl dort ausdrücklich ein Schild stand: Ohne Leine nein. Also nur mit Leine. Das war auch Realitie Tivi, zum Glück waren die mit den Kameras dabei. Da gab es ein Polizeiaufgebot. So heißt das. Das ist ähnlich wie Heiraten. Da sind auch immer viele Leute. Die hatten sich hinter einer Hecke verschanzt. Die Oma ging mit ihrem Hund an der Hecke vorbei. Das war schon gefährlich anzuschauen. Dann gab es einen Pfiff, und die Polizei ist raus aus dem Gebüsch. Die waren getarnt – der eine hatte eine Agave auf dem Kopf – und hatten Kampfanzüge an mit überall Schatullen und Taschen. Dadrin warn Pfefferspray, Salzspray, Salamanderabwehr-Raketen, Handgranaten am Gürtel, dicke Springerstiefel und ein Gummiknüppel, den man nur halten braucht – der geht von alleine rauf und runter und hat ein Stahlherz, ist also ein Gummiknüppel mit Stahl. Sonst biegen die sich nachher um, was unangenehm für den Schläger wäre.

Jedenfalls haben die die Oma gekriegt. Mit zwei Panzerspähwagen haben sie die umzingelt. Die berittene Polizei hat Rauschbomben geschmissen. Dann mit dem Wasserwerfer auf die Oma drauf. Die flog vierzig Meter mit dem Strahl, dann haben sie sie am Boden überwältigt. Sie bekam Handschellen, der Hund Pfefferspray, bis er mit nach oben gestreckten Beinen steif dalag. Die Alte hat fünfzehn Jahre ohne Bewährung gekriegt. Den Hund, der sofort tot war, haben sie an ein Kinderspielwarengeschäft verkauft, wo er dann als Steif-Tier in der Auslage lag.

In der Straße, wo ich in den 50er-Jahren mit meinen Eltern wohnte – ich war ja Kind –, da hatte keiner einen Hund. Wir hätten uns gar keinen Hund leisten können. Nicht wegen dem Finanziellen. Man kann es sich einfach nicht leisten, wenn keiner in der Straße einen Hund hat, als Einziger einen Hund zu haben. Dann sagen die Leute: »Ahaa!« Wer will das schon hören?

Also haben wir nur einen Hamster gekriegt. Kein schlechter Ersatz für einen Hund. Aber die halten nichts aus. Die titschen nicht zurück, wenn die am Boden aufschlagen. Also Tennis mit Aufschlag kannst du mit denen vergessen. Badminton ja. Das haben wir mit dem dann auch gemacht. Im Keller. Da gab es Badminton in Deutschland noch gar nicht. Eine Woche hat er durchgehalten, dann ist er aufgeplatzt. Tante Erna hat noch versucht, den zu nähen. Die hatte – das hatte ich anfangs ja erwähnt – eine Ahle für Lederarbeiten. Aber auch damit war nichts mehr zu machen. Es war eine harte Zeit. Das war die Zeit, wo du, Rudi, ungefähr sechzig warst.

Aber es gibt auch schöne Sendungen. Die Dicke, die einem die Zimmer schön macht zum Beispiel. Da haben sie dem Vatter ein neues Zimmer im Heizungskeller gemacht, damit die Kinder das Zimmer von dem kriegen. Der war zwei Tage im Urlaub, und als er zurückkam, musste er in den Keller. Die haben ihm ein Fenster auf die Heizung gemalt. Der durfte gar nicht mehr hochkommen. Aber er hat gute Miene zum bösen Spiel gemacht und unter Tränen gesagt: »Ach, ich freue mich so, ich freue mich so!«

Orang Utan Klaus

Ich möchte eine kleine Geschichte erzählen, die mich dazu veranlasste, eine kleine Operette zu schreiben. Eine Sakral-Operette für ein kleines Tierchen, eine Katze.

Ich saß in meinem Zimmer und schrob auf der Schreibmaschine, wahrscheinlich eine kleine Doktorarbeit, ich weiß nicht mehr, ob es Gynäkologie war oder Französisch. Draußen pfiff der Wind sein immerwährendes, altes Lied, und die Wolken verdüsterten ein wenig den Himmel auf dem Bild von Caspar David Friedrich, das ich selbst gemalt hatte. Es war ein Original. Abgebildet waren der Schah von Persien und die Mickey Mouse. Poppend.

Ich hatte mir von der Würstchenbude, die in meinem Zimmer steht, ein Würstchen gekauft. Sie schmeckte sehr lecker. Sie schmeckte genauso gut wie die, die ich einen Tag vorher gegessen hatte und die am nächsten Morgen in meinem Schlafanzug lag. Als ich aufstand, hatte sie hin und her gebaumelt. Was für eine Wurst. What a wörst.

Plötzlich vernahm ich von draußen eine Art Hähen oder Spähen. Ein jämmerliches Hilfegesuch. Nicht schriftlich, sondern richtig. Ich dachte, ›Was ist das denn? Was ist das denn? Helge, was ist das?‹ Ich vernahm wieder ein jämmerliches Mähen oder Hähen. Es musste von einem kleinen Tierchen oder einem kleinen Menschlein kommen. Ich wusste es nicht genau. Was sollte ich tun? Ich sprang auf von dem Sofa, auf dem ich gelegen und in der Zeitung geblättert hatte – und zwar Illustrierte –, rannte mit Riesenschritten an der Würstchenbude vorbei – der Verkäufer saß auf seinem Küchenhocker und machte ein kleines Nickerchen – durch den Oberflur, rutschte die Holzstufen runter, unten durch die Halle an den Skulpturen vorbei, riss die Stores auf, sprang durchs Hauptportal, mit großen Sätzen die breiten Marmorstufen hinab, und stapfte dann eiligen Schrittes über den von Gärtnern schön geharkten Kies – und blieb dabei mit dem Hermelin am Ferrari hängen, der von meinem Fahrer scheiße geparkt war –, rappelte mich wieder hoch, nahm beide Schöße und hetzte weiter, fiel wieder hin – diesmal über die goldenen Bommeln von meinen Schnabelschuhen – und brach mir dabei einen Zacken aus der Krone.

So ramponiert sprang ich hoch und stürzte in den Irrgarten, den die Gärtner zu meiner Belustigung angelegt hatten. Ich rannte mehrmals hin und her, immer im Kreis, ich wusste den Ausgang nicht. Was sollte ich tun? Mit quer gestellten Schulterblättern rannte ich wie ein Rammbock durch die Buchsbaumhecke, dass es nur so splatatterte. Dann, nach ein paar Hundert Metern durch den Mangrovenwald und die Hibiskusblüten, über die kleine Wiese mit den Margeriten, wo die Auerochsen und Ure wohnen, die ich züchte, und einen Abhang runter, sah ich endlich in weiter Ferne meinen kleinen Privatbach schimmern, wo das Geräusch herzukommen schoon. Ich warf behänd einen Blick über meine Schulter, sah mein Anwesen als kleinen Punkt am Horizont verschwinden und gelangte endlich an den kleinen, schillernden, wie Silberpapier in der Sonne glänzenden, kleinen grauen Bach. Und da sah ich, wer da »Helge!« gerufen hatte.

Es war eine Katze. Eine kleine, süße, schnuckelige, putzige Katze, wollknäuelgroß wie ein Wollknäuel, hatte sie die Form eines Wollknäuels. Dieses Wollknäuel rief hurtig immer wieder ein Mähen oder Spähen aus. Es konnte ja noch nicht richtig sprechen, es war ja noch klein. Es hatte eine Schultüte im Arm, auf der »Meine erste Butterfahrt« stand. Seine Eltern hatten es wohl ausgesetzt. Es lag in einem Weidenkörbchen, was in der Dünung des Baches lustig hin und her wippterte. Ich bückte mich, legte Zepter und Reichsapfel beiseite und machte mir sogar ein bisschen den Hermelin schmutzig, als ich mit meiner Hand vorfuhr und das kleine – zwar gestreifte, aber sehr niedliche – Kätzchen hochnahm.

Es machte ein kleines Fauch-Miau, und mir wurde warm ums Herz. Mein Herz weitete sich zu einem saftigen Steak. Es hatte ein Schildchen um den Hals – es war sein Name: Orang Utan Klaus. Da ist doch kein Name für eine Katze! Ich riss das Schildchen ab und zerknüllte es in vier Teile. Ich nannte die Katze anders. Ich gab ihr einen Katzennamen, und zwar: Telefonmann.

Und es begab sich, dass ich das Kätzchen in meinen Haushalt aufnahm. Ich brachte ihm Schuheputzen bei, indem ich es vor der Haustür festnagelte und meine Schuhe daran abstreifte. Die Farbe gefiel mir nicht. Ich lackierte es mit einer

Lösung um, die dem Kätzchen nicht gutzutun schien. Leider ist es so verschieden.

Ich hatte ein etwas schlechtes Gewissen, was jetzt aber wieder gut ist, denn ich habe ein Lied für diese kleine süße Katze geschrieben und ihm ein Mausoleum bauen lassen. Das würde ich für einen Menschen niemals tun.

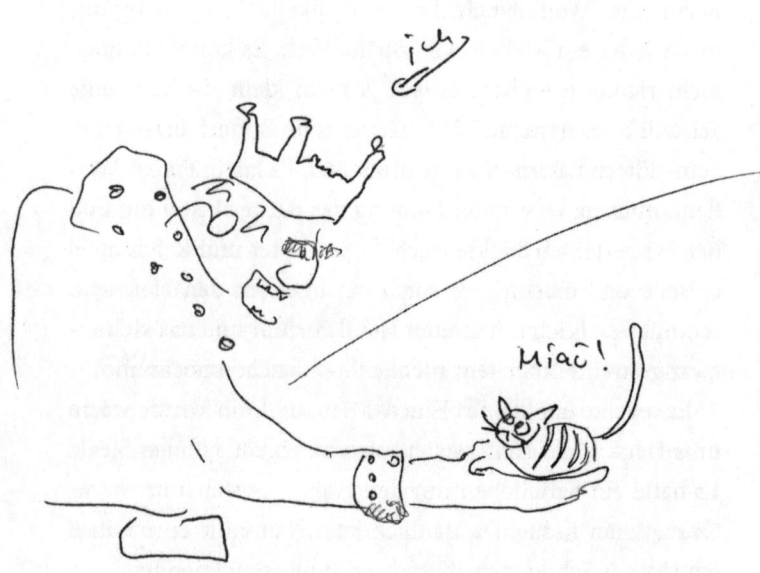

Schwedenurlaub (2)

Viele von euch haben wenig Geld. Ich kenne das von meiner frühesten Kindheit her und auch jetzt noch. Denn ich muss ja viel Geld an den Staat abgeben. Sechzig Prozent, ha ha ha, und so Schweine wie Sie zahlen keinen Pfennig Steuern. Aber ich will mich nicht künstlich aufregen. Nachher nehmen die mir noch meinen Rasierapparat weg.

Also, wie gesagt, ich war hier in Berlin mal ein bisschen spazieren. Am Teufelsberg. Es erinnerte mich sehr an meine Kindheit in den 50er-Jahren. Wir hatten damals auch nichts außer der Hoffnung. Das muss natürlich hier alles noch nachgeholt werden. Wenn man als Außenstehender hierher nach Berlin kommt, dann denkt man, man wäre in einer Zeitmaschine tausend Jahre zurückgereist. Oder eine Milliarde Jahre. Total glatt hier die Straßen. Wie in der Eiszeit. Na ja. Ich sag: klasse!

Ich fahre manchmal in den Urlaub, auch wenn ich wenig Geld habe. Viele, die kein Geld haben, fahren trotzdem in den Urlaub in die Dokroiranische Republik oder nach Kapaun. In Länder also, in denen die Leute mit den Urlaubern eigentlich gar nichts anfangen können, aber die Herrschenden dort können sich Pistolen kaufen von den Devisen. Das ist ein Wort, was ich bisher nicht kannte und gerade erst erfahren habe.

Ich fahre immer ohne Geld weg. Ohne einen Pfennig und auch ohne Zeit. Urlaub kostet ja auch Zeit. Wenn man nach Italien oder so fährt, ist man ja vier Tage unterwegs, wenn man kein eigenes Auto hat, also als Tramper. Die nehmen einen doch gar nicht mehr mit, die Schweine. Die sitzen alle ganz alleine in ihren Autos. Als ich so alt war wie ihr, da bin ich noch viel getrampt. Aber auch damals war das schon sehr gefährlich. Als Tramper konnte man auch umgebracht werden.

Jetzt fahre ich nur noch in der Fantasie weg. Das ist erstens billiger, zweitens kann man machen, was man will, und das Essen ist gut. Ein Urlaub dauert normalerweise vielleicht drei oder sechs Wochen – in der Fantasie sind zwei Minuten weg. Dann kann man wieder woanders hinfahren.

Ich war zum Beispiel gerade in Schweden, das kann ich kurz erzählen. Ein schönes Land. Ein so schönes Land. Meine Herren. Die ganzen gutmütigen Vorurteile, die man aus Heften oder aus dem Fernsehen oder aus Pornovideos kennt – gleich hinter der Grenze ist dort eine Horde nackter Blondinen auf mich zu! Abgeknutscht. Dann noch einen Elch unterm Arm rausgeholt. Und der Elch hatte solche Brocken von Füßen, da muss man keine Schuhverkäuferin sein. Das wäre doch grausam, einem Elch Schuhe zu verkaufen. Aber die sind sowieso unfreundlich geworden. Aber wo war ich jetzt noch mal abgeschweift? Jetzt weiß ich's, ich schwoff an der Grenze ab.

Die Schwedinnen sind liebesgebefreudig, und der Elch ist eines der größten Wappentiere der Welt. Darüber steht nur noch der Wal. Der ist, glaube ich, das Wappentier von Österreich, weil die auch gern bis an die See ranreichen würden. Mit so einem kleinen versteckten Zipfel.

Nein, das ist heute alles ganz anders. Die Grenzen kommen hoffentlich bald alle weg. Dann brauche ich meinen Ausweis nicht mehr zu zeigen. Mein Name ist mir peinlich. Und dann immer die Autogramme, und sing doch mal hier bei uns in der Zollstation. Dann muss ich meine Flügel auspacken und dort oben auf dem Berg ein scheiß Konzert geben. Das ist nicht gut.

Also, wie gesagt, in der Fantasie wegfahren ist viel schöner. Schweden. Die Fjorde. Die Fjorde. Die Fjoooorde! Wenn ich daran denke, kriege ich fast einen Herzinfarkt. Aber die Fjorde sind leider nicht in Schweden. Schade. Aber man kann sie auf der Landkarte sehen, wenn man in Schweden ist und seinen Finger daraufhält. Die Norweger, die können ja nicht nur Pullover stricken, nein, die haben auch Fjorde-Schneide-Fähigkeiten. Die Fjorde waren früher nämlich gar nicht da. Da war nichts. Da war glatte Fläche. Und dann haben die gesagt, komm, wir wollen unser Land mal ein bisschen interessanter machen. Wir machen da mal mit dem Spaten so ein paar Ritzen rein. Und jetzt fahren die Touristen fast ausschließlich wegen dieser Ritzen dorthin. Dadurch ist Norwegen natürlich auch viel größer geworden. Der Wanderweg geht ja jetzt da rein, da raus und hoch und runter, da kann man sich ganz schön verlaufen. Wenn man in der Fantasie zu Fuß durch Norwegen will, braucht man bestimmt eine Stunde.

Aber zurück zu Schweden. Das Schönste an Schweden ist die gastgeberische Heiligkeit. Für die ist es wie eine Religion, dass sie, wenn du als Außenstehender zu ihnen kommst, »Guten Tag« sagen. Das heißt da aber anders. In Schweden sagt man wahrscheinlich »Hello«. Ich weiß es nicht, das ist ja in der Fantasie. Da muss ich passen. Die Gastfreundschaft ist so groß, weil die wissen, dass der Weg dorthin sehr strapazierfähig ist. Deshalb bekommt man als erstes Gastgeschenk »Schwedenhappen«.

Lasst mich erklären, Leute: Schwedenhappen haben eine lange Tradition. Rund um Schweden gibt es eine Art Gewässer-Seen-Meeresraum. Dort leben Fische. Und diese Fische haben sich zu einer Fischgemeinschaft der europäischen Staaten zusammengefunden. Es sind Heringe. Grüne Heringe. Sie ballen sich in ihren Zentren und fangen an, die Meere zu durchpflügen. Viele von ihnen sind noch etwas jünger, weil sie später geboren worden sind. So sind immer mehrere Generationen »on the road«.

Wenn der Schwede in See sticht, wird er von seiner Frau verabschiedet, die in einem Rock am Strand steht und winkt. Der Schwede ist Fischer. Er fährt mit seinem Bötchen raus aufs Meer, und die Reuse, die seine nackte Frau ihm gehäkelt hat, wird – zack – ins Wasser geschmissen. Und jetzt hängt die im Wasser und plustert sich total angeberisch auf. Und da geschieht es. Jetzt kommen die Heringsschwärmer an. Es sind viele Heringe zusammen, und der Anführer sagt: »Hey,

Leute! Da, eine Reuse! Hinein!« Normalerweise denkt man ja »Weg!«. Aber nein, rein in die Reuse. Das liegt daran, dass in Schweden die Fischer und die Fische in jahrtausendealter Sympathex leben. Die sind sich Freund. Die Heringe wissen: Wenn der Schwede mit seiner Reuse rausgeht, dann wartet die Frau auf ihn. Also wollen sie ihm in die Reuse gehen. Und dann kommt das zustande, was das Ganze mit Schwedenhappen zu tun hat.

Also erst mal kommen die Heringe in die Reuse rein, der Fischer holt die raus, zack, auf seinen Holzklotz im Boot, und noch im Boot freuen die Heringe sich auf das muntere Zerhacken von sich selbst. Der Fischer fängt sofort an und hackt auf die Fische ein. Die Fische haben eine Religion, die ihnen das gebietet. Sie finden das gut. Die älteren Heringe fragen sogar: »Können wir helfen?« und wollen auch eine Axt und hauen sich damit selber kaputt. Da muss man einmal dabei gewesen sein. Das ist ein herrliches Schauspiel. Ich habe es nur mit dem Fernglas sehen können, denn ich konnte ja nicht mit in den Einbaum. Die zappeln da noch, und der Fischer freut sich und hackt da rein in die Heringe. Die Heringsschwänze fliegen über Bord, daraus bilden sich dann vielleicht neue Heringe, die dann wahrscheinlich unwiederbringlich krank sind oder sogar tot. Je nachdem, wie weit Sie jetzt gehen wollen, denn es hängt natürlich auch von Ihnen selber ab.

An Land wartet dann schon die Frau mit einem großen Holzzuber – ein Zuber ist ein größeres Fass, nicht zu verwechseln mit Zubehör –, dort werden die alle reingeschüttet. Es kommen noch andere Fischer und andere Frauen, die tanzen wie wild herum, und die dorfälteste Oma wird angekarrt. »Komma her, Oma«, Oma Hektografie oder wie die heißen. Die haben ja andere Namen. Nicht Angelika oder so. Nein. Schwedische Namen sind ganz, ganz, ganz anders. Bergmann-Bergmann ist zum Beispiel ein ganz hübscher schwedischer Doppelname. Die Oma Bergmann geht dann – zack – mit in das Fass rein und freut sich ihre roten Bäckchen rosig, mit einem weißen Papierhütchen auf dem Kopf und einem runden Käse als Rucksack auf dem Rücken. Ihr wird in das Fass reingeholfen, dann Schuhe aus, und dann tritt die erst mal ein bisschen in den Heringen rum und tanzt. Zu einer Tanzmelodie, die ich gleich zusammen mit euch spielen will, das macht total gute Laune.

In ihrem Rucksack hat die Oma Erdbeeren und Himbeeren, die wirft sie da rein, also süße Beeren wie Waldbeeren und Kartoffeln und olle Papierreste. All den Schiet und Schmeer vom Fußboden aus der Küche. Alles da rein und schön gestampft und Deckel drauf, und dann muss die Oma vierzig Jahre gären. Dass die Oma vierzig Jahre gegoren ist, merkt man dann daran, dass der Deckel oben rund wird wie bei einem faulen Joghurt im Plus. Ich war als freundschaftlicher Gast, also als Gastfreund, eingeladen – Schlittschuhe haben die auch, aber das gehört jetzt hier nicht hin –, als so ein Fass aufgemacht wurde. »Guten Tag, Herr Schneider. Hier, lecker!« Und dann wurde die Oma serviert. Das ist ein herrliches Gastgeschenk. Eine munter schmeckende, launige Köstlichkeit. Und dazu eine schöne Volkstanzmelodie, die ich jetzt hier mit euch zusammen spielen möchte. Gute Laune ist natürlich auch Bedingung für so ein schönes Stückchen. Die Schweden haben nur Gitarren zur Verfügung, weil Klaviere bis dorthin noch nicht vorgedrungen sind. Ich versuche mal so ein bisschen, eine Gitarre nachzuahmen. Ich habe hier schon mal ein paar Saiten rausgesucht, und wegen der Paritie nehme ich drei schwarze und drei weiße Tasten, damit auch keiner sich streitet. Der Tanz heißt »Danz, Schwed, danz«.

Pariserzählung

Als ich das erste Mal in Frankreich war, in der Hauptstadt von Paris, saß ich in einem von diesen schönen, kleinen, lustigen Straßencafés, die glasüberdacht sind, damit die Sonne schön reinguckt. Oben am Himmel stand also die Sonne und brachte ihr Gesicht zur Geltung. Es war ein schöner Apriltag, und sie lachte und schickte ihre güldenen Straßen zu uns auf die Erde nieder, wo wir Menschen wohnen. Wolkenleer war der Himmel. Ganz blau. Ein paar kleine Federwolken hatten sich dazugesellt, und eine graue Regenfront bedeckte den Himmel, sodass die Sonne kaum durchguckte. Trotzdem war der Septembertag gut. Schneebedeckte Dächer bogen sich unter ihrer Last, doch die Sonne tat ihr gewaltiges Bestes und sagte praktisch: »Hier bin ich, Schnee! Geh weg!« Der Schnee versuchte zu schmelzen, doch es war eiseskalt. Der Dezemberhimmel hatte ein tiefes Blau, und es war sehr schön. Das Wetter war strahlend. Ein strahlender Sommertag.

Ich saß da und beobachtete die Straße an dem Café, eine der schönsten und größten Straßen Europas. Sie beginnt am

Trumpfbogen und endet am schiefen Turm von Pisa. Der Franzose nennt die Straße liebevoll »Schasselisee«. Ich beobachtete das bunte Treiben auf der Straße. Da waren Autos, Lkw, Fahrräder, Mopeds, Laster. Alle Autos fuhren in Richtungen. Nach links und rechts. Und auf der anderen Seite wieder zurück. Bogen ab in Nebenstraßen. Und andere Autos kamen von Nebenstraßen in die Straße rein. Es war ein buntes Treiben im Juni, das man kaum noch beschreiben kann. Der Verkehr war sehr gut. Auch Fußgänger waren da. Es war für mich ein Bild, das ich mir einfach anguckte.

Ich saß vielleicht zwanzig, dreißig Stunden schon und hatte immer wieder »Gazzong« gerufen. Der kam dann und brachte die leckere Nationalspeise, die der Franzose morgens immer zum Aufwachen bekommt, und zwar »Kabantschäne«. Das ist ein sehr leckeres Getränk, man muss nur wissen, wie man es macht. In Frankreich ist es eine sehr persönliche Sache, wenn man da einen Kaffee trinkt. Der wird hochkant in der Pfanne gebraten, dann ist er besonders stark und schmeckt sehr würzig. Leckerer Kaffee. Der wurde mir gebracht. Ich hatte vielleicht hundertneunzig oder zweihundertzwanzig von den leckeren Kabantschänen in meine linke Herzkammer geschüttet, als mir schwarz vor Augen wurde, ich vornüberfiel, in die Tischdecke biss und sie mit dem äußersten Schneidezahn mit mir riss, der auf dem Marmorboden zerschellte.

Tatütata, tatütata, ein Lazarettwagen bohrte sich durch die Hauptstadt. Vor dem Straßencafé, in dem ich lag, machte er mit der Bremse schwarze Striemen auf die Straße. Der Wagen hielt. Zwei Männer in grünen Kitteln und Schlappen

stürzten heraus und nahmen mich auf die Bahre. Eine große Menschenmenge hatte sich schon eingefunden und guckte in meine Richtung. Viele Menschen spannten in allen Hautfarben ihre Regenschirme auf, denn es regnete in Strömen. Ich lag da und wusste von nichts. Die haben mich in den Wagen hinten reingesteckt, der Fahrer hat die Tür zugeknallt und ist nach vorne gerannt, Fahrertür auf, hopp, Fahrer drin und auf den Sitz drauf. Und dann hat der den Fuß so durchgetreten, dass der Fußboden mit dem Gaspedal eine Einheit bildete. Der Wagen ging mit einer Geschwindigkeit weg, dass man den gar nicht mehr richtig gesehen hat. In einer hohen Geschwindigkeit, die sehr gut war, fuhren wir aus Paris raus in eine andere Stadt, in ein anderes Land direkt neben Paris, einen Stadtteil, einen Vorort. »Klischee.« Dort hatte ich stille Tage.

In einem Aufwachraum wachte ich auf. Neben mir stand eine Schwester in Gesundheitslatschen. Sie sagte zu mir auf Französisch: »Jarbolie de charmonie de prulesune avec conchante chez traque. Mademoiselle de la Coco et le Pejume de piano de Popo. Avec de la chantalle de la moese et de la cloake. Ratapatap de la Chantalle.« Was auf Deutsch heißt: »Herr Schneider, Sie haben einen Herzschrittmacher eingebaut bekommen.«

In einer neunhundert Stunden dauernden Operation hatte man mir einen Herzschrittmacher eingebaut, ohne dass ich davon etwas bemerkt hatte. Das ist jetzt genau zwei Jahre her. Die Batterie kann jeden Moment zu Ende gehen. Es hätte gestern passieren können, es kann morgen passieren. Aber keine Angst, ich habe eine Ersatzbatterie dabei.

Aus Dankbarkeit an alle Französinnen und Franzosen, vor allem an das Ärzteteam der Gynäkologen, die mir geholfen haben, habe ich ein Lied geschrieben in meiner von da an zweiten Heimatsprache, nämlich Französisch. Das Lied ist vor allem im französisch sprechenden Raum von vielen nachgemacht worden. Von Belgien und Luxemburg, den Beneluxländern. Holland, Niederlande, Schweiz.

Literaturkreis

Guten Tag, meine Damen und Herren. Ich begrüße Sie zu unserem Literaturkreis. Ich habe eine lustige Perücke aufgesetzt. Ein Haarteil, wie manch einer zu Hause herumliegen hat und es, wenn er ausgeht, aufzieht.

Ich möchte heute einen schönen deutschen Heimatdichter vorstellen. Es handelt sich um den Düsseldorfer Lyriker Heinrich Heine. Berühmte Bücherwürmer unter uns wissen vielleicht, um welches schöne Buch es sich handelt, was ich jetzt hier vorlesen will. Es ist ungefähr so groß wie zwei Bananen. Hier ist das Buch, ich kann es ja mal zeigen. Wer ein Foto sehen möchte: Hier ist das Foto. Es ist ein Foto von Heinrich Heine, dem Dichter und Lyriker aus Düsseldorf. Er sieht auf diesem Foto sehr gespannt aus und denkt sicherlich: Was kommt jetzt, im nächsten Jahrhundert?

Direkt vorne ist eine kleine Widmung reingeschrieben. Sozusagen als Bonbon auf dem dritten Blatt, also auf Seite Nummer sechs. Die Widmung ist an mich gerichtet: »Lieber Helge! Na, wie geht's dir, altes Haus? Wann kommst du uns denn endlich mal wieder besuchen in unserer kleinen,

Widmung von Heine ↓

[handwritten dedication, largely illegible]

andere Seite: ↓

gepflegten Wohnung? Dein Freund« – das kann ich kaum entziffern – »Heinrich Heine, Helge.« Auf der anderen Seite geht's weiter: »Deine Sorgen möchte ich haben. Dir geht's wohl ganz gut, Helge. Kaum Arbeit, aber genug Geld.« Wenn der wüsste, dass ich eigentlich ganz arm bin. »Helge, wenn du uns besuchen kommst, bring doch wieder den Aal mit, den du schon mal mithattest. Der war sehr lecker gewesen. Es grüßt dich dein Freund Heinrich Heine hier aus Düsseldorf, Helge, dein Heinrich Heine. PS: Helge, du willst nicht mehr mein bester Freund sein, aber ich schätze dich. Dein bester Freund Heinrich Heine, Helge, tschüss Helge, Heinrich Heine.« Das war die Widmung gewesen, die ich dem Leser nicht vorenthalten will.

Ich beginne. Ich lese »Heinrich Heines sämtliche Werke«, herausgegeben von Professor Doktor Ernst Elster. Seite 1 ... Die Seite scheint nicht so interessant zu sein. Wir schlagen unwillkürlich eine andere Seite auf. Ich nehme die Seite 14 ... Komisch, wo kann denn die Seite 14 sein? Wie kann hier die Seite 14 sein, wenn davor so viele andere Seiten sind? Wenn Sie sehen könnten, wie viele andere Seiten hier vorher sind, dann würden Sie das auch nicht glauben, dass hier die Seite 14 sein soll. Nein, die Seite lese ich nicht. Ich schlage willkürlich eine andere Seite auf. Ich nehme die Seite 413. »Altes Lied: Du bist gestorben und weißt es nicht. Erloschen ist Dein Augenlicht, erblichen Dein rotes Mündchen, du bist tot, mein totes Kindchen. In einer schaurigen Sommernacht hab ich Dich selber zu Grabe gebracht« und so weiter und so weiter. Das scheint mir nicht das Geeignete zu sein für diesen lustigen Literaturkreis. »Nachtgedanken« lese ich auch nicht. Ich lese eines meiner Lieblingsgedichte auf Seite 229. Gedicht Numero zehn. »Das Fräulein stand am Meere und seufzte lang und bang. Es rührte sie so sehre der Sonnenuntergang. Mein Fräulein, seyn Sie munter, das ist ein altes Stück. Hier vorne geht sie unter und kehrt von hinten zurück.« Als ich das zum ersten Mal gelesen hab, habe ich mich total kaputtgelacht.

Beneluxländer

Lieber Herterinnen und Herter, das Lied, das ich jetzt gerne singen möchte, von euch und für euch, ist ganz aktuell. Es handelt von einem sehr brisanten Thema. Es ist eine bestimmte Thematik. Ich nahm mir diese Thematik zunutze und schufte ein Lied, das seinesgleichen auf der ganzen Welt kaum zu scheuen braucht.

Wir alle wissen ja, dass in Berlin eine Mauer gebaut wird, durch die die Welt in fünf verschieden große Teile geteilt wird. In Norden, Belgien und so weiter. Das ist gar nicht gut. Denn dadurch wird die Welt in drei Teile geteilt.

Nun haben wir uns dieser Thematik angenommen und mit dem Thema ein Lied geschuft, das über Nacht auf der ganzen Welt und vor allem im deutschsprachigen Bereich bekannt geworden ist, also auch in den Beneluxländern, im gesamten flämischen Flandern und in den andern Ländern: Belgien, Luxemburg und im gesamten Beneluxbereich. Dazu gehören natürlich auch Holland und die Niederlande.

In Luxemburg waren wir auf einer Schlager-Rallye, der Peter, der Buddy und ich. Mit unseren Autos. Es war sehr schön. Wir sind in allerkürzester Zeit ganz berühmt geworden. Natürlich auch in Belgien selbst, der Hauptstadt von Brüssel, also im gesamten Benelux. »Bene«, »Belgae« – da ist praktisch nur das »n« mit dem »l« vertauscht. »Belgen«. »Luxemburg« also, der gesamte Großraum, der gesamte Korridor: Holland, Niederlande, Belgien, Niederlande, Holland, Luxemburg, Belgien selbst und Luxemburg. Vor allem aber in Luxemburg und natürlich auch, und das nicht zuletzt, in Luxemburg selbst.

Aber auch in ganz Deutschland. Dazu gehören natürlich auch Mallorca, Colonia Dignidad und das hertensche Herten, das Großherzogtum Herten mit seinem wunderschönen Schloss »Durchlaucht«. Ich glaube, dass August der Starke hier seine Hand im Spiel hatte, wie überall, und dass die Stadt Herten, die eigentlich eine ganz schöne Fußgängerzone hat, sich für ihren ganz grauenhaften Namen nicht zu schämen braucht. Man muss nur rauskriegen, wo der erste Stein gelegt wurde, damit man die anderen alle rauskriegt. Das ist ein altes Gesetz der Maurer.

Aber jetzt komme ich wieder auf unser Mutterthema zu sprechen: die Berliner Mauer, die dort jetzt gebaut wird. Das Lied ist in kürzester Zeit berühmt geworden im gesamten Beneluxbereich. Dazu gehören Belgien, Luxemburg und so weiter. Ich hole mir jetzt einen Ton von unserem Kapellmeister Buddy Casino. Er ist der Chef vom Peter, das muss man sich mal vorstellen. Ich schau mir das Klavier jetzt mal ein bisschen näher an. Ich hatte eben das ungeheure Glück, beim ersten Lied etwas darauf herumzuspielen. Das ist ein sehr schönes Klavier. Es ist sogar in der Naturfarbe belassen. Man sieht deutlich von außen die Farbe »weiche Dackelkacke«. Ich werde mal schauen, wie das Klavier von innen aussieht. Ich kann kaum etwas erkennen, aber hier muss etwas erneuert worden sein. Es ist sehr ruhig … Jetzt wäre ich beinahe eingeschlafen. Es hat neue Rippen, neue Räder, neue Griffe. Die Weißen sind die guten, die Schwarzen die bösen.

Der Clown

Aus hauchdünnem, zartem Meißner Porzellan ist mein Gesicht. Doch wer wirklich unter der Gummiglatze schwitzt, interessiert keinen Menschen. Mit dickem rotem Lippenstift ist mir ein lustiger Clownsmund gemalt, ungefähr so groß wie zwei Bananen. Doch hinter dieser Fettstiftschicht – ich muss mal Pipi.

Vielleicht gerade jetzt der richtige Moment für alle, weil die Toilette jetzt frei ist. Aber nicht mehr lange. Der Mann da vorne geht da jetzt hin. Vorsicht! Die Frau lacht sich kaputt über den eigenen Mann. Glaube ich auf jeden Fall. Ihr seid zusammen gekommen, nicht? Nein? Entschuldigung. Dann habe ich dir den falschen Kerl angedichtet. Ist nicht schlimm. Ich glaube, der hat gar keine mitgebracht. Ist ja nicht schlimm. Man muss ja nicht immer eine mitbringen. Sitzen ja genug hier. Also Vorsicht an alle Frauen: jetzt nicht aufs Herrenklo. Und aufs Damenklo erst recht nicht. Da ist der. Ruhe! Ruhe, sonst alle raus!

Doch hinter dieser Fettstiftschicht aus alten Motorölen, reimportierten Pommesölen, Gyrosölen und -fetten, Jauche und – für die Farbpigmentierung – dem Blut von Komm-lass-mal-einen-Tee-trinken-und-dann-spazieren-gehen-zertretenen-Waldameisen, in der Parfümerie unter der Marke »Sowieso« verkauft, hinter dieser Todesschicht, mein Freund, da wohnt ein ganz normaler Mund. Da ist ein Mund zu Hause. Da ist mein Mund hinter dem Lippenstift. Mein Mund.

Und die Schuhe: riesengroße Quadratlatschen. Vielleicht Größe 100 oder 120. Doch müssen die Schuhe so groß sein? Sie haben die Farbe Braun gewählt, um uns zu amüsieren. Zwei ganze Kühe mussten dafür eine lange Reise in ein fremdes Land, wo keine andere Kuh sie kennt, antreten und sich dort selbst vernähen, weil das dort billiger ist. Dann haben sie sich zum Sterben niedergelegt. Das tut weh. Doch innen drin, in diesen lustigen Clowns-Schuhen, mein Freund, da ist ein ganz normaler Mund. In den Schuhen sind meine Füße. Ich bin euer Freund!

Der viereckige Hai

Ich habe einen Fisch zu Hause. Es ist ein Hai, ein Blauhai. Ihr wisst, wie gefährlich diese Tiere sind. Ich habe ihn als Jungfisch bekommen, da war der im Unterteller eines kleinen Blumentopfs. Das wusste ich erst gar nicht. Er war da irgendwie hingekommen. Ich weiß nicht, durch welchen Zufall ich ihn da irgendwo hingelegt hab. Wahrscheinlich hatte ich ihn im Portemonnaie aus meinem Urlaub in der Südsee, wo ich war, um Talente zu entdecken, mitgebracht. Ich muss das Portemonnaie achtlos über dem Blumentopf-Unterteller ausgeleert haben, wie das so meine Art ist. Dort war dann der kleine Hai drin und ist erst mal unbeachtet etwas größer geworden, schlang sich um den Topf herum und knabberte sich selbst hinten an. Denn er hatte Hunger. Ich habe nachts im Bett die Kiefer gehört: klack, klack, klack, klack, klack. Das war der Haifisch, also bin ich sofort zum Blumentopf, hab den Haifisch rausgenommen, ein Aquarium gekauft und den da reingetan.

Das Aquarium ist ungefähr einen Meter lang und vierzig mal vierzig mal vierzig tief. Der Hai ist mittlerweile ausgewachsen. Er ist genau in das Aquarium reingewachsen. Er ist ganz viereckig. Es sieht furchtbar aus. Es geht ihm nicht gut, aber ich kann auch nichts daran ändern. Er hat das selbst so gewollt, er hätte sich ja auch etwas anderes überlegen können. Nun ist er eben viereckig geworden. Da kann ich ja nichts für. Wenn er sich selber dort reinversetzt, wenn er das will, von mir aus. Er kann machen, was er will. Bei mir darf jeder machen, was er will. Der doofe Hai. Er kann nichts dafür. Ich auch nicht.

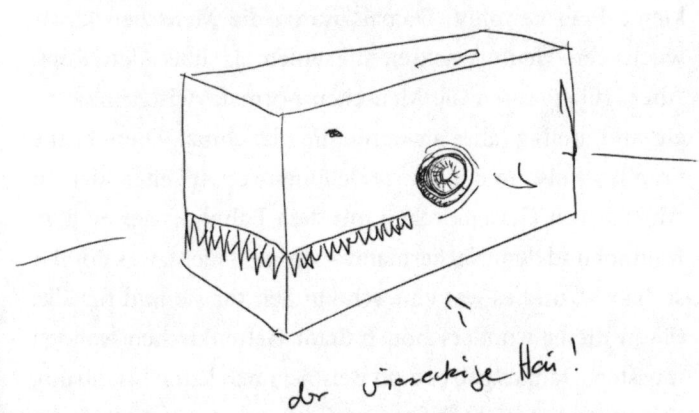

der viereckige Hai!

Der viereckige Trompeter

Hier in Gelsenkirchen hat vor ungefähr tausend Jahren eine kleine Frau gewohnt. Damals waren die Menschen kleinwüchsiger. Heute wachsen die einem ja über den Kopf. Aber früher waren die Menschen normal, zwischen zwanzig und dreißig Jahre alt waren die manchmal. Diese kleine Frau lebte also in der wunderschönen verwinkelten kleinen Altstadt von Gelsenkirchen mit dem Bahnhofsviertel, dem Kaufhof und dem Neckermann – ich weiß nicht, was ihr hier so habt –, und es war eine schöne Zeit für sie und für alle, die in dieser wunderschönen Stadt Gelsenkirchen wohnen mussten. Damals gab es zum Beispiel noch keine Eisenbahn. Die war noch nicht erfunden. Genauso wenig Autos oder Fett für die Haare, oder dass Frauen die Beine übereinanderschlagen – und ihre Füße hier auf die Bühne tun. Das gab es damals auch noch nicht.

Es war eine sehr schöne Zeit, wie man jetzt von mir erfährt. Wenn damals irgendwo eine Band spielte, ging keiner hin, weil es die Band noch gar nicht gab. Es gab noch keine Band-Musik, so wie wir sie machen, mit Gitarre, Trompete,

Bongo und Konga-Orgel. Diese Frau lebte also in dieser wunderschönen Stadt.

Ungefähr hundert Jahre später war das vorbei. Noch mal fünfhundert Jahre später wurde in Amerika ein Mann geboren, ungefähr auch so groß, genauso breit, genauso tief. Er ist weltberühmt geworden und musste für seine Freunde bis zu seinem Lebensende das Spiel »Stehe ich oder liege ich seitlich oder auf dem Bauch oder auf dem Rücken?« spielen. Sein Name ist Louis Armstrong gewesen. Er nannte sich scherzhafterweise Onkel Satchmo. Er war ein Meister seiner Trompete und hat mit einem Kloß im Hals gesungen, den er vergessen hatte, einmal wegzutun. Er hat so schöne Musik gemacht.

Trennungen

Danke schön, sehr anstrengend. Ein Schluck aus meiner eigenen Flasche. Ist ja sehr warm hier. Das war das erste Problemlied. Leider müssen wir jetzt noch ein Problemlied singen. Wir wollen die Probleme ja hinter uns bekommen. Deshalb bin ich hier.

Es ist ein sehr trauriges Lied. Es geht um die zweitschlimmste Zeit im Menschen, die Zeit nach der Pubertät. Die gesamte Zeit. Ich spreche vom Partnerschaftsabbruch. Da lernen sich welche durch einen ungeheuren Schicksalsschlag kennen. Zum Beispiel geht eine Frau zum Arzt, sitzt im Wartezimmer und guckt durch die geöffneten Türen im Flur in den Arztraum. »Rülps« – Entschuldigung, ich war eben hier in Herten essen gewesen. Ein Grauen. Furchtbar. Grützwurst in Specksuppe. Ich weiß, dass die Hertener eigentlich sehr leckere Wurst haben. Aber der Kellner hatte so viele Pickel und sicherlich einen erheblichen Anteil daran, dass die Suppe so dick war.

Also, die Frau guckt in den Arztraum, sieht den Arzt dort sitzen – mit weißen Schuhen und weißen Socken, weißer

Hose und weißen Waden. Mit weißem Gesicht und einem weißen Füllfederhalter schreibt er an einem weißen Schreibtisch. Hinter ihm weiße Kladden, eine weiße Liege, eine weiße EKG-Haube. Und die Frau denkt sich: Ist das schön! Diesen Arzt möchte ich gerne haben. Ich möchte gerne einen Arzt heiraten, dann bin ich Ärztin und fühle mich besser.

Nach sechs Stunden kommt sie dran, geht in das Arztzimmer, und der Arzt sieht sie an und denkt: Oh ja, die möchte ich gerne haben. Derartige Verbindungen sind von vornherein zum Scheitern verurteilt. Meist enden sie nach dreißig, vierzig Jahren, sei es durch natürliche Auslese oder dass der Mann oder die Frau seine Frau oder ihren Mann verlässt und zu jemand anderem geht, der angeblich besser sein soll.

Da verlässt zum Beispiel eine Frau ihren Mann, weil ein anderer Mann einen wesentlich lääängeren Weg zur Arbeit hat – und dadurch morgens früher aus dem Haus ist und abends kaum noch nach Hause kommt. Das ist für die Frau natürlich von Vorteil, da sie dann nicht so viel putzen muss.

Oder ein Mann verlässt seine Frau, weil er in einer anderen Stadt Familie hat. Oder eine Frau verlässt ihren Mann, weil sie sich verändern will. Sie will eine andere Frisur, und der Mann kann das nicht mehr bezahlen. Oder eine Frau verlässt ihren Mann, weil der Mann im Laufe der Jahre ganz verschmutzt ist. Innerlich und außen dreckig geworden. Das ist nicht schön für denjenigen oder diejenige, die verlassen wurde. Die sind dann nicht nur allein und traurig, sondern vor allen Dingen ganz traurig und allein. Und nicht nur das. Tränen kommen aus den Augen, aus dem Gesicht. Alles ist immer nass. Die salzige Lösung geht in den Hemdkragen und den Pullover. Der Bauch, alles ist nasskalt. Die Nässe zieht sich durch bis zu den Beinen runter und in die Socken rein. Die Schuhe schmatschen vor Tränen. Alles ist nass.

Die gehen abends immer ganz alleine durch den Rinnstein und scheuern sich die Achseln am Bordstein wund. Auf der anderen Straßenseite sagt dann die eine Ratte zur anderen: »Hör mal, Jochen, geh da nicht rüber. Mit so einem Heuler wollen wir nichts zu tun haben.« Einfach nur furchtbar.

Aber die Trauer ist längst nicht alles. Den Menschen wird ja auch viel genommen. Aus dem gemeinsamen Haushalt, aus dem Kühlschrank. Ganze Käsesorten werden mitgenommen. Milcheiweiß-Produkte, Katzenkost, Katzenklo, Katzenstreu, Katzenkamm, Katzenhäuschen, die Katze wird zerteilt. Alles wird aufgeteilt. Die ganze Klo-Mode wird abmontiert, Heizungsrohre durchgesägt und ineinander verknotet. Teppichböden werden zusammengerollt und sich unter den Arm gekniffen. Es wird sich achtlos damit vor den Lkw geschmissen. Da werden Tapeten mit den Fingernägeln abgeknibbelt und in einer anderen Wohnung kunstvoll wieder zusammengesetzt. Gardinen werden in Deckenhöhe mit einer gehässigen Schere abgeschnitten. Die kleinen Röllchen, die immer so schön von links und rechts nach längs gerollt sind, werden mit einer Arschlochzange zusammengekniffen, sodass sie nicht mehr funktionieren. Das ist nicht gut. Dann ist derjenige, der allein gelassen wurde, nicht nur allein und traurig, sondern ihm ist kalt, er hat nichts mehr zu essen und alle können reingucken. Das ist nicht gut. Das prangere ich an.

Doch ich habe ein Lied geschrieben, womit ich diese Situation lindere. Auf solche Weise sind auch etliche Menschen, die heute hier sind, von ihren Partnern verlassen worden, sei es aus was auch immer für Gründen. Die haben sich gedacht, heute gehe ich mal hier in Herten in dieses lustige, kleine, schnuckelige, verwinkelte, verwobene Plastikzelt. Vielleicht kann ich dort mal wieder schmunzeln, oder mir haut einer auf den Arsch. Oder ich guck jemanden eine längere Zeit an und gebe ihr Alkohol und dann komm ich zum Zuge. Für diese Menschen habe ich ein Lied geschrieben, damit sie nicht an ihr Schicksal erinnert werden.

Eine Rose ist eine Rose ist eine Rose

Eine ganz berühmte Frau hat einmal gesagt: Eine Rose ist eine Rose ist eine Rose ist eine Rose. Und ich glaube, diese Frau hatte recht. Ich würde sogar noch etwas hinzufügen: Eine Rose ist eine Rose, wenn sie Dornen hat. Die Rose, Dorn, Rose, Dorn, Ros, Rose Dorn, du, Rose. Ein kleines Beispiel: Ein Mann kommt von der Arbeit nach Hause. Es ist sechs Uhr. Er kommt von der Nachtschicht. Sechs Uhr fünf kommt er an einem Blumengeschäft vorbei. Im Geschäft steht der Verkäufer. Er bietet Rosen feil. Der Mann steigt ab und begibt sich in den Laden. Er kauft eine Rose. Der Blumenverkäufer sagt: »Bitte.« Dann geht er weg. Sechs Uhr zwanzig. Die Frau hat ihre Küche bereits fertig. Alles ist an seinem Ort. Der Kaffee duftet verführerisch verlockend auf dem Herd. Sie denkt: Gleich kommt mein Mann, gleich kommt mein Mann, gleich kommt mein Mann, gleich kommt mein Mann ... mein Mann kommt gleich, mein Mann kommt gleich, mein Mann kommt gleich, gleich kommt mein Mann, mein Mann gleich kommt, mein Mann. Oh Mann, oh Mann, schon gleich halb sieben. Gleich kommt mein Mann. In dem Moment denkt der Mann: Jetzt gehe ich nach Hause. Er geht Richtung Haustür, holt seinen Schlüssel aus der Tasche und nestelt nervös am Schlüsselloch herum, in der Vorfreude, Freude zu machen. Die Frau ahnt, was gleich passiert, und geht in den Flur. Sie macht dem Mann die Tür auf. Der Mann fällt fast in die Tür hinein. Da steht die Frau, der Mann da.

»Tag, Mann.«
»Tag, Frau. Hier, ich liebe dich, die Rose. Bitte.«
»Danke für die Rose. Die Rose. Danke, die Rose.«
»Bitte.«
»Danke.«
»Danke.«
»Bitte.«
»Was riecht das hier so lecker?«
»Das ist der Kaffee.«
»Er duftet heute besonders lecker.«
»Ja, Mann. Danke für die Rose.«
»Bitte.«

Sie gehen gemeinsam in die Küche. Dort hat die Frau alles vorbereitet. Sie vergeht sich an der Rose. Sie schneidet unten alles kaputt, damit sie noch zwei Tage länger lebt. Dann sitzen sie sich gegenüber und trinken eine lange Tasse Kaffee. Sie unterhalten sich über ihre gemeinsamen Interessen. Zehn Minuten vergehen, eine Viertelstunde, zwanzig Minuten. Die Rose ist schon längst ab in die Vase.

Dann verlassen beide unaufgefordert die Küche. Sie gehen durch den Flur ins Wohnzimmer, durch das Wohnzimmer hindurch und durch das Kinderzimmer, durch das Badezimmer und die Garage, durch den Garten und durch den Hinterhof zu den Nachbarn ins Schlafzimmer. Dort packt der Mann die Frau aus und fickt sie nach allen Regeln der Kunst. Die Frau lässt es geschehen.

Plötzlich dringt Qualm aus der Ritze. Die Nachbarn bemerken es und denken: Da kommt ja Qualm aus der Fensterritze! Doch es ist nur Liebe. Was wäre passiert, wenn der Mann die Rose nicht gekauft hätte? Er wäre nach Hause gekommen, sie hätten sich gegenübergesessen, er hätte Kaffee getrunken – Milch ist im Kühlschrank, Zucker im Schrank – »Danke«. Dann hätte der Mann sich im Wohnzimmer auf die Couch gelegt, die Füße auf die Zeitung – die Schuhe nicht ausgezogen –, und wäre nach fünf Minuten, zack, eingeschlafen. Der Schlaf des Gerechten.

Die Frau wäre das ganze Leben enttäuscht und frustriert mit diesem Mann. Sie würde denken: »Ich mach mich mal schön.« Mit ein bisschen Rouge, diesen Ohrdingern, Kontaktlinsen, vielleicht die Krause ein bisschen nachziehen, ein schönes Kleidchen an, hohe Stiefel mit Zwanzig-Zentimeter-Pfennigabsätzen, den Gürtel figurbetont schön eng. Und dann: »Welche Tasche nehme ich? Die silberne. Oder doch lieber die Krokodiltasche?« – Dieses arme Krokodil kommt mir gerade jetzt vor Weihnachten gelegen, um auf diese Tierart hinzuweisen.

Dann fährt die Frau in die Stadt, mit öffentlichen Verkehrsmitteln oder mit dem Zweitwagen, einem Porsche vielleicht, je nachdem, je nach Bedürfnis der Menschen kaufen sie sich Autos an der Zahl. In der Stadt dann zur Post rein, Anlauf genommen und in der Drehtür immer rum, rum,

rum ... zwanzig-, dreißigmal Mut angedreht und dann rausgeschossen auf den Schalterbeamten zu und den Schalterbeamten durchgebumst.

Doch die Rose hat dieses Schlechte verhindert. Ohne die Rose geht es nicht. Und so habe ich ein Lied geschrieben über diese wunderschöne Pflanze. Ich spreche von einer ganz bestimmten Pflanze. Ich spreche von der Rose.

In der Garderobe

Als ich eben in meiner Garderobe war, habe ich dort gesessen und geweint. Ich habe mich gefragt: Was mache ich bloß, nachdem ich diese drei Lieder gesungen habe? Ich grübelte und grübelte und mir fiel partout nichts ein. Ich weinte Tränen der Verbitterung, nicht der Verbruderschaft, aber es gelang mir dann doch, mich zu beherrschen. – Hallo, hier vorne ist noch ein Platz frei. Will sich keiner zu dem Langhaarigen da setzen? Hat da keiner von euch Böcke drauf, hier in Gelsenkirchen? Übrigens eine sehr schöne Stadt. Wir sind ein bisschen spazieren gewesen, und es ist uns sehr gut bekommen, hier in dieser Luft sein zu dürfen. In einer Luft, die gut ist, die lecker riecht. Man hat hier auch Anschlussmöglichkeiten an alle möglichen Gesellschaften. Hauptsache, es schmeckt gut. Wir waren lecker essen. Ich habe gerade eben eine halbe Stunde geschissen. Hallo, dort sind noch zwei Plätze frei! Ich komme euch gleich dahin! Also ohne mich! Das muss auch mal sein, dass ich zu euch ein bisschen streng werde.

Ich wollte noch sagen, das Radio nimmt heute auf für die

Weihnachtssendung »Tach Nikolaus«. Peter Thoms ist ganz stolz, einmal im Radio zu sein. Er hat sich ganz fein gemacht. Na ja. Er ist eben nicht mehr der Jüngste. Nicht wahr, Peter? Was liegen denn da für Haare hinter dir auf dem Boden? Es riecht auch schon.

Und da ist mir, wie gesagt, in meiner Garderobe Folgendes eingefallen. Ich habe mich praktisch selbst erlöst von dem Brüllen und habe mir gesagt: Warum nicht nach Lied eins, zwei und drei auch Lied vier? Und das wird jetzt passieren.

Band-Aids

Ich möchte etwas zu dem Lied sagen, das wir gerade gemacht haben. Es ist vor allem im belgischen Bereich bekannt, also Luxemburg und so. Wir machen mit diesem Lied etwas ganz Besonderes, nämlich Band-Aids, ich weiß nicht, ob ihr das kennt – das machen auch Stink und Madonna, Gott und wie sie alle heißen. Da werden in der Konzertkasse von Kartenabreißerinnen und aggressiven Kartenverkäuferinnen Gelder eingetrieben. Und diese Gelder kommen in einen riesengroßen, dicken Sack. Der wird total vollgestopft, oben zugeschnürt und – ich sag jetzt mal irgendein Fantasieland – nach Pusemuckel verschickt. Dort landet das Geld bei dem dort zuständigen Bürgermeister. Er holt es aus dem Sack und geht damit zur Bank. Dort stopft er das Geld auf sein Konto, wo es auch noch Platz hat.

Der leere Sack wird weiterverschickt – sagen wir mal wieder in ein Fantasieland: nach Afrika – und landet dort bei einem kleinen Jungen in der Wüste, der durstig ist und der mit diesem Leinensack vielleicht noch etwas anfangen kann.

Auch wir machen Band-Aids, und zwar noch viel gutmütiger. Die gesamten Einnahmen gehen auch heute wieder in dieses Lied, was wir eben gesungen haben. Lediglich zwei Prozent gehen an meine kleine Band »Hardcore«, und die restlichen achtundneunzig Prozent der Einnahmen kommen einem gutmütigen Zweck zu. Ich will mir ein kleines Häuschen bauen, und wenn ihr Lust habt, werdet ihr in der Zeitung davon lesen können.

Philosophie (1)

Danke schön. Das scheint ja sehr lustig hier zu sein. Es scheint sich hier eine lustige Gesellschaft zusammengefunden zu haben, um sich auf unsere Kosten lustig zu machen. Aber was heißt das eigentlich, Gesellschaft? Was heißt das? Menschen. Leben. Existenz. Was ist das? Wer sind wir? Wo kommen wir her? Wer seid ihr? Wo gehen wir hin? Ist unser Leben nicht eine aneinandergereihte Reihe von Ereignissen? Sind wir nicht Gene? Oder sogar Genetiker? Was sind wir denn? Ist der Mensch mehr wert als der Wurm, die Amöbe, das Gechnetz, die Suppe? Was heißt das eigentlich: Weltraum, All, Gestirn, Erde, Mond, Wolken? Sind wir nicht aus etwas ganz Bestimmtem entstanden, aus einer Zeit, die wir nicht kennen? Kommen wir nicht sogar aus Urzeiten?

Es ist so einfach: Da ist der Mensch, erst als Schnecke vielleicht. Vorher eine kleine Laus mit tausend Füßchen und bösem Gesicht. Mit einer bösartigen, giftigen Flüssigkeit benetzt er den Erdball. Dann kommen Feuer, Eis, Höhlen, Holz, und dann auf einmal der Mensch – fertig geschnitzt. Nun noch Schühchen, Hose, Pullöverchen, Mützchen auf, und fertig sind wir. Doch ist das schon alles? Wir müssen auch lernen. Lernen, lernen, lernen popernen. Das war ein kleiner Wortwitz. Schade, Buddy. It's a shame that you not verstehs. Schade, schade. Aber, Peter, ich kann nicht mehr. Das ist ein Thema, das eigentlich viel zu weit geht.

Philosophie (2)

Warum? Warum sind wir? Wer sind wir und weshalb? Wer seid das? Wer bin ich? Du? Er? Sie? Es? Was bedeutet eigentlich Existenz? Der Mensch. Was ist das? Warum will er immer besser sein als der Wurm oder die Raupe oder der Bagger? Sind wir denn nicht eine willkürlich aneinandergereihte Reihe von Genen und Erfahrungswerten? Sind wir nicht sogar Messungen?

Doch wie sind wir entstanden? Erst war die Erde ein großes Lagerfeuer. Damit ihr das besser versteht, kann man das vielleicht besser so erklären. Dann kam der Eismann und hat alles voll Eis gemalt – die ganze Erde zu einem großen Kringel, und drum herum Luft mit Vögelchen, Enten, Schwänen und allem Pipapo. Salat, Spinat, das alles gab es noch nicht. Schachtelhalm war das A und O. Es gab Schachtelhalmwiesen, Schachtelhalmbäume, Schachtelhalmtiere – es gab sogar Städte, die hießen Schachtelhalm: die Stadt Schachtelhalm-Stadt und Schachtelhalm-Neuschachtelheim und Altschachtelheim, und die anderen Städte hießen dann Düsseldorf bei Schachtelhalm oder Schachtelhalm-City in Amerika.

Und so begab es sich zu dieser Zeit, dass auf einmal die Kohlebergwerke an Schachtelhalm Gefallen gefunden hatten und ihre Bergwerke tief unter der Erde erstreckten. In ganz Nordrhein-Westfalen sind Stollen. In diesen Stollen arbeitete jahrtausendelang die Zeit. Und die Zeit ist es auch schuld, dass die Menschen da sind – geboren werden, nachher sterben und vorher noch ein bisschen jubilieren. Vielleicht Klarinette spielen.

Doch die Anfänge waren so, dass der Mensch erst mal nur ein kleines Tierchen war. So ein Geißeltierchen. So groß, dass man es mit bloßer Hand kaum treffen kann. In der Größe von meinem heutigen neuzeitlichen Daumennagel waren vielleicht zwanzig Milliarden Geißeltierchen vertreten. Die hatten Straßen, Städte – und Eier. Aus diesen Eiern schlüpften immer weitere Veränderungen. Die veränderten sich, und das nennt man Mut. Und mit viel Mut kam dann eines Tages in Neuseeland der erste Lungenfisch zur Welt. Er bekannte sich zum Menschsein und verwandelte sich nach zig Milliarden Jahrtausenden in einen kleinen Sesamaffen. Dann kam der Nikolaus, und die beiden haben Kinder gekriegt. Das Äffchen war nämlich ein Weibchen. Der Nikolaus ist ja ganz klar ein Männchen. Das kann man deutlich von der Seite sehen, wenn er kommt. So kam der Mensch. Erst war er nackt, wie alle von uns. Wie du, du, du und du. Ich nicht. Ich war nie nackt. Ich bin nie nackt gesehen worden. So entstand der Mensch. Dann kamen Schühchen, Höschen, Pullöverchen, Mütze drauf – und fertig war der heutige, zivilisierte Mensch. Die sogenannte Homo saper. Eigentlich war das der Name für eine giftige Schlange gewesen, aber der liebe Gott hat gesagt: Och, lassen wir den Menschen mal, für den haben wir momentan keinen Namen. Aber warum erzähle ich euch das? Na? Habt ihr es schon erraten? Ich weiß es selbst nicht.

Pubertät

Das Schlimmste im Leben des Menschen ist die Pubertät. Das ist eine ganz schlimme Zeit, in der es in den Familien Diskrepanzen gibt. Oma, Opa, Enkel, Urenkel, Tante, Mutter, Vater, Eltern, Söhne, Kinder, Töchter, Verwandte – alle sind daran beteiligt. Als Beispiel: Ein vierzehnjähriges Mädchen möchte mehr Taschengeld. Mit einer Mark im Monat kommt sie, wie sie vorgibt, angeblich nicht mehr aus. Ganz klar, der Haussegen hängt schief. Oder: Ein vierzehnjähriges Mädchen kommt total verschmiert nach Hause, weil sie mit ihrem Freund auf dem Moped unterwegs war. Da ist es selbstverständlich – und mehr als verständlich –, dass der Vater seine Tochter krankenhausreif zusammenschlägt. Oder: ein Junge wird von seiner Mutter mit einer Riesenlatte im Badezimmer erwischt. Ganz klar, dieser Junge gehört ins Heim, wenn nicht sogar ins Lattenheim oder an den Bodensee in ein Pfahldorf, wo ihm die Latte ordentlich vergällt wird.

Es gibt aber noch schlimmere Sachen, zum Beispiel Wachstum. Alle Menschen wollen hoch hinauswachsen, aber der liebe Gott sagt: Nein, du wächst nur nach unten und nur nach links und rechts. Ein anderer Mensch will gerne dick sein, aber der liebe Gott sagt: Nein, du wirst ganz, ganz, ganz dünn und superlang. So kommt es, dass eine zwei Meter vierzig große Frau einen nur siebenundvierzig Zentimeter großen Mann heiraten will. Klar, die Eltern sind dagegen: Das sieht nicht aus beim Einkaufengehen. Sie schiebt den Wagen, er sitzt oben drin. Und wenn er den Wagen schiebt, braucht sie gar nicht erst mitgehen. Das wäre für sie zu peinlich, dass sie ihn kennt.

Mädchen bekommen Hauttaschen am Hals, die sich mit den Jahren mit Speck füllen. Jungs bekommen einen fiesen, labbrigen, von vornherein unansehnlichen, mit einer hässlichen Zierleiste versehenen, haarigen, mit gekraustgekrüllten, mit abgeknickten und vereinzelt gesägten Haaren versehenen, faltigen alten Dauersack mit Eiern drin und Sacksuppe. Wohin damit? Wohin damit? Immer sitzt man dadrauf. Sitzt man auf einem Barhocker und will sich mit seiner Freundin ein bisschen unterhalten – die Zigarette so ganz cool –, und, zack, sitzt man auf dem Ding. Das tut höllisch weh, als hätte eine Ratte da reingebissen oder sogar ein Salamander. Bis man sich an diesen Zustand gewöhnt hat, vergehen manchmal vierzig bis fünfzig Jahre. Und dann muss er auch schon ab.

Aber es gibt noch etwas viel Schlimmeres. Es gibt Hautunreinheiten. Akne. Die schlimmsten Akneformen kann ich kurz mal aufzählen: Akne vulgaris, Komedonenakne, Akneakneakneakne, Akne funghi, Akne straciatella, Akne salami, Akne tonno, Akne kochschinken, Akne quadrostazioni, Akne chef, Akne kotze und – die schlimmste Akne der Welt – die Aktentaschenakne. Pusteln so groß wie Aktentaschen.

Wenn ein Jugendlicher diese schlimme Form von Akne hat, ist er immer traurig und geht im Halbdunkel im Nieselregen mit hochgeschlagenem Kragen am Mantel im Rinnstein spazieren. Wenn alle anderen Menschen zu Hause zu Abend essen, scheuert er sich die Achseln am Rinnstein wund. Und dann kommen zwei Ratten am Bürgersteig auf der anderen Seite entgegen, und die eine sagt zur anderen: »Nee, komm, lass uns da nicht rübergehen. Guck mal, der hat die Aktentaschenakne.« Wenn dieser Jugendliche nach Hause kommt, kann er sich vor den Spiegel stellen, seine Pickel ausdrücken und seiner ganzen Familie ein leckeres Süppchen machen.

Seemann mit Tätowationen

Ich bin ja früher mal Seemann gewesen. Zur See gefahren. Die Schiffe. Reeperbahn und so. Segelschiff. Da kommt der Wind und bläst in die Segel. Und das Schiff, das fährt und fährt. Auf diese Weise kann man mit dem Schiff durch verschiedene Länder reisen, zum Beispiel Österreich oder die Schweiz.

Wir lagen vor Madagaskar und hatten die Pest an Bord. In den Kesseln, da faulte das Wasser, und täglich ging einer über Bord. Da habe ich einen Arzt angerufen. Der ist mit einem eigenen Wagen gekommen. Drinnen saßen stehend Leute, schweigend ins Gespräch vertieft.

Ich war früher tätowiert. Ich hatte sehr viele Tätowationen. Aber nicht so, wie man sich das heute vorstellt. Heute kommen die jungen Leute an und haben am Unterarm einen Grabeshügel, ein Kreuz, eine untergehende Sonne, auf der steht: Ich hau dir in die Fresse, du Arschloch. Oder die haben da einen Mädchennamen drauf, Oma vielleicht. Wir waren ganz anders tätowiert. Wir hatten Tätowationen, die sehr fantasievoll waren.

Ich hatte hier, im linken Oberarm, ein Hochhaus tätowiert. Aus dem achtzehnten Stockwerk guckte ein Pferd. Unten auf der Straße war ein Müllcontainer umgekippt, mit saurer Milch, Babywindeln und schimmelig Gehacktem, einem Katzenklo, verbeulter Margarine, alten Urinfläschchen, die niemals ausgetrunken wurden, und altes Rindfleisch, an dem die Fliegen ihr königliches Mal dran labten. In diesem Wirrwarr spielte ein kleines, neun oder zehn Monate altes Mädchen, nahm hier und da etwas in den Mund und leckte daran. Daneben kommt die Mutter angelaufen und tritt das Kind in den Hintern. Das fliegt an einem Mann vorbei, der da steht und sich gar nicht dafür interessiert. Das Kind verglüht irgendwo im All. Der Mann aber will dem Pferd im achtzehnten Stockwerk ein Stück Zucker geben, und das macht er dann auch. Das Pferd sagt: »Aha, da ist ja das Stück Zucker. Lecker, das nehme ich«, und isst das Stück Zucker dem Mann aus der Hand. Das kann man sich kaum vorstellen, das sind ja achtzehn Stockwerke. Der Arm von dem Mann müsste vierzig Meter lang sein. Das ist eigentlich nicht möglich, aber in der Malerei kann man solche Sachen machen. Das fällt gar nicht auf, das ist so verrückt. Was ich da schon für Sachen gesehen habe, die es eigentlich gar nicht gibt, aber die doch schön sind. Vielleicht sollten wir davon ein bisschen lernen.

Hier an dieser Stelle hatte ich verschiedene leckere Sachen. Einen Schokoladen-Nikolaus, einen kleinen Osterhasen, einen Schokoladen-Marienkäfer, ein Knickebein-Ei und einen Adventskalender mit Türchen und Schokolade drin. Auf dem Rücken hatte ich einen Faltplan und hier eine Taschenlampe. Ich wollte erst holzfreies Papier, aber dann habe ich mich entschieden für oben kariertes Papier und unten liniert. Da konnte ich dann immer etwas draufschreiben.

Jetzt wusste ich nicht, was ich hier auf der rechten Handfläche noch tätowieren sollte. Da fiel mir nichts ein. Also musste die ab, ganz klar. Seitdem habe ich diesen Plastikhaken.

Tierlieb

Ich bin tierlieb. Ich habe auch Tiere zu Hause. Sardellenpaste, Kochschinken – ach nein, das ist ja kein Tier, da sind ja keine Beine dran. Aber Fische. Auf der Fensterbank habe ich ein Tausendzweihundert-Liter-Aquarium, gefüllt mit Aspik. Da liegen Fische drauf. Ich operiere gerne, und da übe ich immer an Fischen. Ich wollte gerne mal Arzt werden, ich habe nur die Prüfung nicht geschafft, damals im zehnten Schuljahr. Da bin ich immer noch ziemlich sauer drüber.

Aber ich habe mich selber ein bisschen bewandert und an Fischen operieren geübt. An den kleinen durchsichtigen kann man gut sehen, wenn die krank sind und wo man die operieren muss. Eines Tages kam auch der Peter mit seiner Nase zu mir, und – ganz klar – habe ich erst mal eine Tomografie gemacht. Ich habe den Peter in Scheiben geschnitten, was mir auch gelungen ist. Nur beim Wiederzusammensetzen ist mir wohl ein Fehler unterlaufen. Seine Nase wird nun manchmal länger, manchmal schrumpelt sie bis zur Unkenntlichkeit zusammen, und ihr solltet ihn mal beim Pinkeln sehen, wenn er mit dem Kopf in dem Pissoir hängt.

Philosophie (3)

Existenz. Was ist eigentlich Existenz? Viele sind verunsichert, wenn ich dieses schwierige Thema anspreche, und lachen, verfallen in ein wahnsinniges Lachen und sterben früh. Warum will der Mensch nicht wissen, wo er herkommt? Klar, wir wissen, wo wir herkommen. Mama, Papa, und die kommen von anderen Eltern, und die wieder von Eltern, und die von Eltern ... Das geht ganz weit zurück bis in die Feuerzeit. Da gab es zwar noch keine, ich sag mal Menschen, aber die Vorgänger des Menschen: kleine Amöben. Glibbriges Zeug, das in der Erde gurgelt, schwelende Laken, Würmchen, kleine Maden, angeblich ohne Wissen und ohne Abitur – klar, das gab es damals noch nicht –, aber Intelligenzien waren schon unterwegs. Zum Beispiel der Aal. Das ist ein sehr altes Tier – nicht wahr, Peter? Du kennst den noch.

Irgendwann hat Gott zu sich selbst gesagt: »Uaach, Raaaaarrrr!« Der konnte damals ja nicht richtig sprechen, da gab es die Sprache ja noch nicht. Das hieß so viel wie: Verdammt, mir ist langweilig. Ich brauche Menschen. Und er machte uns und sagte direkt: »Die sollen nicht nackt sein, die sollen eine Hose kriegen und einen Pullover und Schuhe und Strümpfe und Slips und BHs und Suspensorien und Haare oder Perücken, egal. Von mir aus machen wir ein paar mit Glatze.« So hat er den Menschen geformt.

Aber dann dachte er sich, das mit dem Feuer auf der Erde ist langweilig. Damals hat es ja gebrannt, auch hier in der Alten Oper hat es gebrannt. Und der Herr sagte: Jetzt will ich nicht mehr Feuer, jetzt will ich Schachtelhalm. Und so machte er auf der ganzen Erde Schachtelhalm. Das kann man sich kaum vorstellen. Schachtelhalm hier, Schachtelhalm da, Schachtelhalm in Amerika. Alles war Schachtelhalm: »Schachtelhalm süß und saftig, eine Tüte eine Mark!« Oder: »Kennen Sie den Hans-Günter? Das ist vielleicht ein Angeber, der fährt einen zweihundertachtziger Schachtelhalm SE.« Oder: »Guck mal hier: echt Schachtelhalm. Super Anzug. Echt Schachtelhalm. Pflegeleicht. Hab ich hier in der Stadt gekauft bei Schachtelhalm & A.« Oder: »Guten Tach. Ich hätte gern eine Doppelportion Schachtelhalm mit Majonäse und Soße. Ach, geben Sie mir dazu noch eine, nein, zwei Flaschen Schachtelhalm und eine Schachtel Schachtelhalm-Filter. Hier, macht zwanzig Schachtelhalme. Der Rest ist für Sie. Auf Wiedersehen!«

Das alte Reinhold-Helge-Spiel

Wie ihr vielleicht wisst, bin ich sehr oft auf Reisen. Das letzte Mal war ich im Sommer weg gewesen. Da war ich mit Reinhold Messner – das ist ein guter Freund von mir, kennt ihr vielleicht – in der Antarktis. Dort ist der Südpol. Die Erde ist ja rund, aber der Südpol ist nicht ganz unten, sondern dort, wo die Erde in die Achse eingesteckt ist. Die ist ja ein bisschen schräg und rast durchs Weltall. Dort unten ist das Ozonloch übrigens auf der ganzen Welt am größten. Jedenfalls hatten wir uns überlegt, der Reinhold und ich, dass wir der Menschheit etwas Gutes tun. Wir haben zwanzig Tonnen Haftcreme mitgenommen und wollten damit das Ozonloch zumachen. Wir dachten, wir brauchen das bloß runterfallen zu lassen, und dann sucht sich das das Loch von selbst, weil das ist ja unten.

Jetzt kommen wir dahin, und die Reisegesellschaft hat uns betrogen! Da steht man mit den Füßen unten und mit dem Kopf nach oben. Wir hatten uns das ganz anders vorgestellt. Wir hatten gedacht, da hängt man mit den Füßen oben und mit dem Kopf nach unten. Ist ja ganz klar: Wenn die Erde rund ist, dann muss ja irgendwo unten sein. Das ist die totale Verarschung, was die Reisegesellschaften da machen! Wir prangern das an.

Aber jetzt waren wir nun mal da. Ich frage: »Reinhold, was sollen wir machen?«

Der Reinhold sagt: »Helge, ja.«

Ich sage: »Ja, Reinhold, wat is?«

»Ja, Helge.«

»Ja, Reinhold, wat is denn?«

»Ja, Helge.«

»Ja, Reinhold.«

»Helge.«

»Reinhold.«

»Helge.«

»Reinhold.«

»Helge.«

»Reinhold.«

Ein ewiges Hin und Her. Viereinhalb Monate nur diese beiden Namen. Da wird man ja bescheuert. Auf jeden Fall sagt er zu mir: »Helge.«

Ich sage: »Wat is, Reinhold?«

»Jaaa, Helge.«

»Ja, was ist denn?«

»Dann lass uns wenigstens ein bisschen Urlaub machen.«

Ich sage: »Gut! Hättest du auch gleich sagen können.«

Also haben wir da ein bisschen Urlaub gemacht. Viereinhalb Monate. War eine schöne Zeit. Wir haben uns einen Hundeschlitten geliehen. Das war ein Achtspänner – acht sind vorgespannt, zwei müssen hinten schieben, das sind die

Ersatzhunde. Aber der Mensch kann sich nicht auf den Hundeschlitten setzen. Der ist einzig und allein dafür da, dass die Hunde den ziehen und was zu tun haben. Da kann man auch nicht viel drauf befördern, weil die Hunde sonst bekloppt werden. Das ist ja viel zu schwer für die Hunde. Die sind ja nicht zum Tragen, sondern nur zum Ziehen gekommen. Da kann man eine Makrone drauflegen oder ein Ferrero-Küsschen. Oder lassen wir es ruhig zwei sein.

Jetzt ergab sich das Problem: Was nehmen wir zu essen mit? Ich frage: »Reinhold, was nehmen wir mit?«

Er sagt: »Helge.«

»Ja«, sage ich. »Wat is denn, Reinhold?«

»Ja, Helge.«

»Ja, was denn, Reinhold?«

»Ja, Helge.«

»Ja, Reinhold.«

»Helge.«

»Reinhold.«

»Helge.«

»Reinhold.«

Ihr kennt das Spiel. Dieses ewige Hin und Her, von dem man bekloppt wird. Das alte Reinhold-Helge-Spiel. Ich sage: »Ja, Reinhold, was nehmen wir denn nun mit?«

»Ja, Helge, ich frage dich.«

»Ne, Reinhold, ich frage dich.«

Er hatte eine Idee. Aber ich habe sofort gesagt: »Reinhold, schmieren können wir da nicht. Da ist nirgendwo ein Bäcker. Da laufen nur ganz wenige Leute rum. Wenn, dann nur Eisbären oder Taucher.«

»Ja«, sagt er. »Helge.«

»Ja, Reinhold«, sage ich. »Jetzt musst du dir was einfallen lassen.«

Da hatte er eine gute Idee: Maggie-Würfel. Wir haben zwanzig Zentner Maggie-Würfel mitgenommen. Die kann man lutschen, dann wird man satt von.

»Ja«, sagt Reinhold. »Und was machen wir mit Getränken?«

»Ja, Reinhold«, sage ich. »Wie Getränke?«

»Ja Getränke.«

»Ja, Reinhold.«

»Ja, Helge.«

»Ja, wat is denn, Reinhold?«

»Ja, was nehmen wir denn zum Trinken mit?«

Ich habe kurz überlegt und gesagt: »Einen Kasten Fanta, einen Kasten Cola. Das können wir auch mischen, je nach Lust und Laune. Damit machen wir uns einen schönen Tach.«

»Ne«, sagt er.

Und da habe ich eingesehen: Das ist zu schwer. Das kann man den Hunden nicht antun. Die sind doch so schwächlich. Und da kam ich auf eine ganz, ganz exquisite Idee. Nachdem wir den ganzen Tag gelaufen sind, waren wir immer ein bisschen müde. Wir hatten ein Zehn-Mann-Zelt dabei – man will ja auch ein bisschen repräsentieren, falls mal Besuch kommt oder man Billard spielen will, und sei es nur Taschenbillard. Und Reinhold hatte ja seine ganzen Sachen mit, die Burg von Playmobil und die ganzen Ritterfiguren und Pferde und die ganze Insel mit dem Piratenschiff, und ich hatte meine Barbiepuppen mit. Wenn man geil ist, hat man dann was zu poppen. Jedenfalls bin ich auf die Idee gekommen: Wir kratzen den Fußboden ab. Darunter ist Eis. Das kann man kochen. Sagt der Reinhold: »Helge.« Sage ich: »Reinhold.«

Das war eine super Idee. Wir haben Eis zum Kochen gebracht. Das wird dann flüssig, das kann man sich ja an zehn Fingern abzählen. Wir haben das dann in kleinen Portionen erkalten lassen, und am nächsten Morgen konnten wir schon anfangen, daran zu lutschen, dann waren da keine Salmonellen mehr drin.

Die sind auf der ganzen Welt und fliegen überall herum. Die gehen von den Hühnern aus den Eiern raus, und jetzt sind die Sardellen überall. Das Hauptproblem war aber: Was machst du mit den Hunden? Da muss man ein Händchen für haben. Die müssen alle vier Stunden ausgewechselt werden. Und wir waren ganze viereinhalb Monate unterwegs – fünfunddreißigtausend Kilometer. Manchmal haben wir uns verlaufen. Es gibt dort Verbrecher, die stecken die Pfähle um, damit man in eine andere Richtung läuft und verdurstet.

Die Hunde laufen in Pärchen und sind aufgeteilt in Deichselhunde – die haben am meisten zu schleppen, die sind direkt dort, wo der Schlitten anfängt –, ganz vorne sind die Führungshunde, und hinten sind die Ersatzhunde dran geklebt. Die muss man alle vier Stunden austauschen. Die Führungshunde kommen an die dritte Position, die Deichselhunde an die zweite Position, die Ersatzhunde an die Führungsposition, die von der zweiten Position kommen an die vierte Position und die von der dritten Position kommen zwischen die zweite und die erste Position. Und die werden auch noch auseinandergenommen und von links auf rechts umgetauscht. Das ist ein unheimliches Durcheinander. Ein Kommen und Gehen ist an der Tagesordnung. Und mittendrin Reinhold und ich. Das ist ein totales Knäuel, ein Durcheinander.

Wir waren zweieinhalb Stunden unterwegs gewesen, und ich redete mit Reinhold und wunderte mich: Warum antwortet der nicht? Was ist das für ein blasiertes Arschloch, mit dem ich da in den Urlaub gefahren bin? Da fällt mir auf, dass der vorne zwischen den anderen Hunden mit angebunden ist. Das war mir gar nicht aufgefallen. Er hätte ja auch mal was sagen oder bellen können. Und dass der Hund neben mir sich zweieinhalb Stunden mein Geblubber anhört und nicht einmal auf eine Frage eine vernünftige Antwort gibt, das fand ich auch albern.

Eines Morgens dachte ich: Wo ist denn der Reinhold? Da war nur ein Loch im Eis und der Reinhold war weg. Wohl verschieden oder so. Er war an so einer Stelle, wo unten Wasser ist, zehn Kilometer Mauritiusgraben. Da gibt es nur Welse und so. Da ist er wohl reingefallen. Ich hab mir gedacht: Scheiße, allein hab ich keinen Bock mehr. Ich hab die Hunde alle weggeschmissen und bin nach Hause gelaufen.

Aber was der Reinhold nicht gemerkt hatte: Ich hatte nämlich doch einen Kasten Fanta mitgenommen. Hinten auf dem Rücken unter der Jacke. Man hat da ja Riesenjacken an. Da fällt das überhaupt nicht auf. Man sieht schon bescheuert aus in diesen riesigen Jacken: eine Schicht Schweinefamilie, dann kommt Beton, dann eine Vierzig-Zentimeter-Schicht

Amalgam, dann ein Kubikmeter Daunen – verteilt um den ganzen Wanst –, dann kommen Zellulose, gedrehte, apfelsinenfarbene Astern und Gehacktes drum herum und ganz außen herum entweder Peters Unterbuxe oder das Zirkuszelt von Zirkus Krone, mit dem die im Sommer auf Tournee gehen. Aber andersrum und mit zwei Löchern für die Beine. Das sieht aus! Wenn man da jemandem begegnet, die haben gelacht und gedacht: Guck mal da, wie der aussieht! Das ist ja ein Erbsenkopf! Ich hatte ja nur einen kleinen Kopf und dann diese Riesenjacke mit dem Kasten noch drunter. Das Gute ist, das stimmt alles gar nicht. Doch. Stimmt wohl.

Der Rabe, ein Gedicht

Ein Rabe geht im Feld spazieren,
Da fällt der Weizen um.

… Tja, da ist zwar nicht Rilke, aber dafür kurz. Tschüss.

der Rabe im Feld.

Nachbarn

Jetzt nehme ich die Perücke ab. Es ist so warm hier. So heiß von den Scheinwerfern. Da braucht man nicht unbedingt noch eine Perücke. Is doch albern. Tu mal weg. Do it away. Do it behind the leinen in the strumpfmask.

Ist ja nicht nötig, die Perücke hier. Is doch albern. Der Helge, das ist ein alberner, ne? Alberner Helge. Ja, ja. Is ja albern, die Perücke. Nein, ist wirklich albern. Ist aber auch albern. Wat soll man machen, ne? Is aber albern, ne.

Ja. Albern. Das ist albern. Der Helge. Das ist ein alberner. Alberner Helge. So ein albernes Arschloch. Eine alberne Sau. Stinkesau. Alberne Arschloch-Sau. Da kommt er wieder, der Schneider, die alberne Schweinesau. Sack, du. Du Pillemann. Albernes Sau-Pillemann-Arschloch. Du blöde Kuh, du. Schneider, du. Mistfink.

Das weiß ich ganz genau, dass die Nachbarn das hinter der Tür sagen, wenn ich vom vierten Stock runter und in die Stadt gehe, sagen wir mal zum Nagelstudio. Und wenn ich zurückkomme, sind die gerade am Schneeschippen: »Guten Morgen, Herr Schneider. Wir haben Sie im Fernsehen gesehen.« Das ist eine total verkehrte, falsche Welt. Ich prangere das an. Ich finde das nicht gut. Alle sind unecht.

Wahrscheinlich ziehe ich dort bald aus. Zehn Jahre noch oder zwanzig. Oder ich kaufe das Haus. Obwohl sich das nicht lohnt, die vierte Etage ist total verwohnt.

Videoclip (1)

Jetzt ein Lied, das in zehn Jahren – oder vielleicht auch eher – ein Riesenhit werden wird. Wir machen einen Videoclip dazu. Buddy, Peter und ich fliegen eingerollt in Pfannekuchen als Hotdogs durch die Wildnis. Da kommt ein Bär. Wir sind unheimlich geil. Der Bär und ich haben einen kleinen Kampf, und Peter kann sich nicht mehr halten, er poppt den Bären dabei. Das sieht doof aus, soll aber auch ein bisschen lustig wirken. Buddy ist total sauer und hackt Peter den Kopf ab. Ich sage: »Das darf man nicht.«

Dann haben wir lustige Musik dabei, damit das auch positiv ist. Aber wir treten alle aus Versehen in eine Tigerfalle. Da ist ein kleines Loch im Boden. Unten sitzen zwanzig Tiger und warten mit Farbe und Pinsel. Wir sollen ihnen das Fell mit den Streifen malen, weil sie noch nackt sind.

Dann gibt es eine Szene, in der Madonna dort runter zu uns und den Tigern kommt. Auch hier ist Sexualität im Spiel. Sie hat eine hautenge Ledergarnitur an, auf der wir den ganzen Abend sitzen und Zeitung lesen. Das wird dann ein bisschen langweilig, aber das soll auch so sein.

Ein Wellensittich kommt reingeflogen, der Film ist dann schon fast zu Ende. Dann kommt noch ein Elefant rein, der einen Riesenhaufen macht. Buddy schnell mit einer Schubkarre unten drunter, bis die Schubkarre voll ist. Und auf einmal wird das Gold. Das soll ein bisschen so wie im Märchen sein. Dann kommt eine Märchenprinzessin eine Glastreppe herunter, die mich heiratet. Ich habe gar nichts mehr zu sagen. Sofort muss ich mein Testament machen, werde umgelegt, und die kriegt mein ganzes Gold. Dadurch wird Peter entmündigt. Irgendwie so haben wir uns das gedacht.

Videoclip (2)

Jetzt möchten wir ein Lied spielen, das wir auch mithaben. Es ist ein gutes Lied. Es handelt, wie alle meine Lieder, von der schlechten Welt. In der Omas über die Straße gebracht werden und auf der anderen Seite ohne Handtasche ankommen, blutig geschlagen von Jugendlichen, die ihre Haare in alle Himmelsrichtungen färben. Eine Welt der Teerwürste auf der Straße, wo die Autos kaputtgehen. Wo man sich den Auspuff abklemmt, sich den Spoiler wegfährt. Eine Welt des Lasters und der Busse. Wo Busse einfach leer durch die Welt fahren, obwohl da hunderttausend Leute reinpassen, und hinterher fährt einer mit einem Fahrrad. Alleine, mit Helm und Nierengurt und mit Tempo fünfzehn. Was ist das für eine Welt? Die Welt des Drum-Computers, der alten Stifte und der geilen Opas.

Was müssen wir uns alles gefallen lassen? Wir Frauen? Und wir Männer? Was ist das für eine schlimme Welt? In diesen schlimmen Welten spielen meine Lieder und machen alles wieder gut.

Das Lied, das nun kommt, haben wir auf Record aufgenommen. Auf MC/CD, MCD, LP, RFG, LS, GS, G9 und auf allen anderen Lablern. Es ist ein sehr gutes Lied. Wir haben dazu ein Video in Arbeit, in dem wir drei die Hauptrollen spielen. Wir fliegen auf Schaumgummi-Matten über einen Asche-Fußballplatz und scheuern uns total den Arsch auf. Dann liegen wir im Krankenhaus und Madonna kommt, um uns zu pflegen. Wir poppen die aber nach allen Regeln der Kunst. Danach sperren wir sie in einen Besenschrank, gehen weg, und sie steht ungepoppt dort drinnen. Was will man machen? Wir gehen dann anderen Mädchen hinterher. Wir kommen in ein Stadion, über dem ein Gitter ist, auf dem lauter Opas sitzen. Ihre Säcke hängen unten aus dem Gitter. Und so hangeln wir uns durch das ganze Stadion. Also Sackhangeln.

Das wird alles mit Kamera aufgenommen und später ein Produkt, ein Videoclip. Dann kommt noch ein Elefant durchs Bild, aus dem kommen oben Ameisen rausgekrabbelt. Eine ganz furchtbare Sache. Wir kommen auch einmal da raus und haben Schuhe aus Leder an. Sagenhaft. Es wird auch gezeigt, wie wir mit den Schuhen in eine Brühe springen. Das ist Säure, und wir lösen uns sofort in einer Art Schrei auf. Der Schrei wird natürlich mit der Kamera eingefangen und als Mikrofon verkauft.

Wir landen dann in einem Musikgeschäft, in dem Peter der Verkäufer ist und Buddy und ich als Orgel arbeiten. Es kommt jemand herein und wir werden verkauft. Das ist ganz traurig. Wir stehen dann in einer Kirche rum, und die denken bis zum Schluss, wir wären die Orgel. Die Orgelpfeifen.

Die Geschichte ist ein bisschen surreal, aber sie stimmt.

Anschließend klettern wir hier in Frankfurt auf das Hochhaus von der Deutschen oder der Dresdner Bank, da kann man von außen wunderbar mit nackten Füßen die glatte Fläche hochgehen. Bis ganz oben, und dann springen wir runter und lachen noch, aber unten ist eine Kreissäge aufgespannt. Da kommen wir dann als Scheiben wieder raus. Und dann kommt noch einmal Madonna, die sich aus der Besenkammer befreit hat, durchs Bild und geht mit einem riesigen Penis einfach durch uns durch.

Da ist dann aber auch bald schon Schluss. Das sind die ersten zwei, drei Sekunden von dem Film. Der wird dann auch mitternachts in den ganzen Sendern, die man immer im Fernsehen drückt, laufen. Ich werde jetzt das Lied singen. Es ist wunderschön und es hat Charakter.

Im Orient

Es war bei meiner letzten Reise in den Ort Orient. Hier war Winter gewesen, dort nicht. Ein wenig Schneeregen fiel, als ich die Maschine Richtung Kalahari bestieg. Ich hatte mich, um den landesüblichen Gebräuchen gerecht zu werden, in eine Art Scheich verkleidet. Ich hatte mir zwei Höcker aus Kapuzinerkresse besorgt, das ist ein Kraut, das im Garten wächst. Das wird in Säcke gesteckt und riecht sehr lecker. Wenn man sich davon zwei Höcker macht, ist das ein wenig unauffälliger, weil der Geruch ein wenig ablenkt.

Ich saß also in der Maschine und sie bog auf dem Flugplatz in die dafür vorgesehene Lücke ein, um beladen zu werden. Es waren Sachen an Bord: Tüten, Tische – jemand ist umgezogen, nachdem er damals von da nach hier gegangen war, um sein Brot zu verdienen und seine Familie zu ernähren, die da wohnt, und kehrte nun zurück und wollte in seiner Heimatstadt Gutes tun. Dieser Mann saß neben mir und war eine sehr interessante, gebildete Persönlichkeit. Er hatte einen gelben Rock an, und dazu trug er eine Art – wie soll man das beschreiben – Schärpe oder Tasche in der Hand.

Wir sind natürlich ordnungsgemäß durchsucht worden und an dem Regal vorbeigegangen, hinter dem eine Art Kasperletheater steht. Dort wird mit einer Silhouette geprüft, ob Waffen beigeführt werden oder Batterien oder Transistorradios. Das darf man alles nicht mit an Bord nehmen. Ich sage bewusst »Bord«, weil ein Flugzeug ja eigentlich kein Schiff ist, aber es ist trotzdem als »Bord« ausgezeichnet. »Bordfracht« zum Beispiel.

Ich saß auf Tisch, nein, Platz Nummer 32. Neben mir saß Herr Kazallah Nahan Z'nah, ein Inder, mit seinem Turban und fühlte sich wohl, weil er endlich wieder nach Hause fuhr. Bei mir war es genau umgekehrt. Ich fuhr von zu Hause weg und fühlte mich total scheiße, obwohl es Urlaub war.

Auf jeden Fall stürzte die Maschine ab. Bis auf wenige Lebende waren wir alle tot gewesen – habe ich gedacht, aber es war nur ein Ruckeln und Rütteln in den Luftflächen der Maschine gewesen. Die haben links und rechts neben den Fenstern eine Art Ventilator laufen, damit man denkt, dass es gleich losgeht.

Die Wolken waren auf einmal da und dann wieder weg, weil wir oben auf den Wolken schwimmen mussten. Der Kapitän hatte dafür gesorgt, dass eine kleine Horde von Damen auf einmal vorne aus dem Lenkrad im Lenkradraum rauskam, sich zwischen den Gästen verteilte und sagte: »Die Schwimmwesten ziehen Sie so rum an, und hier, lecker Gebäck!« Dann kam eine und fummelte mir unten an den Lendenwirbeln rum und wollte mich festschnallen. Das habe ich gutgeheißen, denn auf einmal machte die Maschine einen spärlichen Satz nach vorne. Das war es dann. Ich war eingenickt.

Wenig später kam ich in Kuweit aus der Landefläche der Maschine raus. Ich ging das kleine Treppchen hinab. Unten stand ein Fotograf, der von der Prinzessin, die auch in dem Flugzeug mitgeflogen war, Fotos machte. Eine sehr interessante, gebildete Frau. Ich betrat also fremden Boden. Hinter mir ging einer, der war total bedrängt von Leuten, der kniete sich auf einmal hin und küsste den Fußboden. Ich habe später rausbekommen, dass das der Papst gewesen war, der Täufer.

Auf Kamelrücken ging es dann erst mal in die Stadt lecker Espresso trinken. Die Kamele wurden auf Seite gestellt, und da kam auf einmal ein Lkw mit Sprudelwasser-Glasflaschen ohne Kohlensäure vorbei. Ich fragte einen Landsmann auf der dort ansässigen Sprache, was da eigentlich drin sei, wenn nicht Kohlensäure. Und der sagte zu mir: »Das ist Brauch.«

Gut. Um in der dortigen Landschaft nicht aufzufallen, mietete ich mir eine Frau, die mit einem Kopftuch und zwei Einkaufstaschen, aus denen Porree rausguckte, hundert Meter hinter mir her ging. Ich muss sagen, wenn ich das nicht gemacht hätte, wäre ich überall gefragt worden: »Na?«, oder so.

Tiere

Viele Menschen haben Tiere gern. Und die Tiere haben die Menschen gern. Doch die Tiere werden vom Menschen oft total desillololisiert. Die Wünsche der Tiere werden nie beachtet. Der Mensch kauft sich einen Jaguar oder einen großen Opel, und der Jaguar selber ist ohne Auto im Zoo eingesperrt. Das prangere ich an. Das ist nicht gut.

Es gibt auch Tiere, die sind nur dazu da, um nachher aufs Butterbrot zu kommen. Leberwurst-Tiere zum Beispiel. Von denen gibt es verschiedene Arten. Leider ist das so heutzutage. Doch man kann etwas dagegen tun. Man braucht einfach keine Leberwurst mehr zu essen. Und irgendwann gibt es keine Leberwurst mehr. Dann werden sie was anderes erfinden. Bauchspeicheldrüsenwurst oder so. Kann ich nur von abraten.

Es gibt aber auch Menschen, die vorbildlich mit Tieren umgehen, die sie richtig lieb haben, obwohl die Tiere manchmal gefährlich sind. Ich kann als Beispiel unseren Peter nehmen: Peter hat Sackratten und pflegt sie seit über zwanzig Jahren. Sie gehen bei ihm schon ein und aus.

Kinder haben Tiere oft gern. Sie erhalten von den Eltern zu Weihnachten oft ein kleines Tier. Die Kinder sind schlau: Sie wünschen sich einen Goldhamster, weil sie wissen, dass die Erwachsenen den Goldhamster nicht essen wollen. Sie schmecken nicht und sind ungenießbar. Ein Kind kann von einem Goldhamster sogar etwas lernen. Der Goldhamster hat ein Rad, wo er drin läuft. Davon kann man einiges lernen, was auch immer es sei.

Ich rede jetzt weiter von Kindern, weil Kinder ihre natürliche Beziehung zu Tieren so lange aufrechterhalten, bis sie als Erwachsene sterben. Ist ja ganz klar: Auto ist schneller als Hase. Manch ein Kind hat das unvermeintliche, sagenhafte, begnadete Glück, in einer Bauernhof-Siedlung aufzuwachsen, wo es noch richtige Milchwirtschaft gibt – nicht was ihr denkt, hier vorne, die Bäuerin ist nicht gemeint – mit Kühen, die nur darauf warten, gemolken zu werden.

Wenn zum Beispiel ein kleiner Junge oder ein kleines Mädchen, vier oder fünf Jahre alt, um vier Uhr morgens auf dem Bauernhof wach wird. Das ist ein natürlicher Weckvorgang nur durch Geräusche. Das Haus arbeitet, es knarrt, man hört den Bauern, wie er im Schlaf mit einem Nagel in seiner Nase pult und dabei eine Zigarre raucht. Man hört aber auch, wie sich draußen das Federvieh gegenseitig wach macht: »Hey, aufstehen!« »Ja, ist ja gut.« »Los, auf die Beine! Wo bleibt das Ei?« »Hier!« – plopp.

Das kleine Mädchen – was ist ein typischer Mädchenname, Peter? Petra? Günter ist auch gut – namens Günter wacht auf in ihrem Federbett aus echten Federn, an denen noch Haut dran ist. Neben ihr liegt ihr persönlicher Begleiter, den sie auf dem Bauernhof schon lange zum Freund hat: ein Schwein. Die sind sauberer, als der Mensch glaubt. Man sagt »Schwein«, wenn jemand seinen Teller dreckig macht, aber nein, ein richtiges Schwein ist einer der saubersten Menschen, die es gibt. Das kleine Mädchen stößt mit dem Ellbogen ihren Begleiter an: »Hey, aufstehen.« Das Schwein wird wach, gähnt, zieht sich Schlappen an, geht ins Badezimmer und rasiert sich. Es hat ja immer eine Steckdose dabei.

Nachdem sie ein Glas warme Milch von der Bäuerin getrunken haben, gehen sie gemeinsam in freudiger Eintracht über den kleinen Hof, wo es Enten, Gänse, Hühner und Schwäne gibt. Die sind alle gleich schlau. Sie fechten um die Würmer, die sie als Abendessen und zum Frühstück da hingeworfen bekommen haben.

Das Schwein und das kleine Kind verteilen Zettel, was da draufsteht, ist mir jetzt scheißegal. Auf der anderen Seite vom Hof ist der Kuhstall. Der ist halb Stein, halb Haut, nein, Holz. Er ist mit Dachpfannen abgedeckt, damit, wenn es reinregnet, oben ein Schutzschild besteht. Die Kuh ist von ihren Altersgenossen schon aufgestellt worden und total aufgetakelt. Sie ist richtig schön schick gemacht mit Strümpfen und Stöckelschuhen hinten und Handschuhen vorne. Sie steht lässig auf dem einen Stöckelschuh und wiegt hin und her. Sie weiß, sie sieht gut aus. Hinter ihr steht der Kuh-Rüde und findet sich auch selber unheimlich gut.

Das Kind geht rein, auf die Kuh zu und kann sie streicheln. Was ist das für ein herrliches Gefühl als Kind auf einem Bauernhof. Es muss aber aufpassen: Zuerst kommt die Schnauze, ein gelatineartiges, helles Plastikteil, wo die Nasenlöcher drin sind, durch die die Kuh atmet. Dann kommt das Teil, was man streicheln kann, da ist ein Stück Fell aufgenäht, das in Augenhöhe endet. Links und rechts sind die Augen aufgenäht. Die Kuh hat Minipli, genau wie Peter, das sieht sehr nett aus. Da sind auch die Ohren, wo die Kuh draus frisst, nein, horcht, Entschuldigung. Sie horcht ja die ganze Nacht, ob sie nicht bald aufstehen muss. Die Hörner, die allerdings ein bisschen gefährlich sind, nennt man Croissons.

Über ihr hängen die Tentakel der Melkmaschine. Bei dem Kuh-Rüden muss man aufpassen, der ist total eifersüchtig. Man darf keinen Schatten bilden. Wenn man das macht, dann erkennt der einen sofort, geht auf einen zu und labert einen voll. Wir kennen das.

Mit der Tierhaltung, das ist eine ganz dolle Sache. Es gibt zum Beispiel Menschen, die halten Tauben als Haustür. Da ist die Haustür nur so groß wie eine Hand, aber sie hat zwei Türangeln und ein Schloss. Zum Beispiel kommen Herr und Frau Thoms von der Arbeit nach Hause und machen die Tür auf. Sie schieben die Taube beiseite. Die sagt noch: »Schön' guten Abend, die beiden!« Und dann gehen die in das Haus rein. Das ist etwa kniehoch, weil die Taube ist hochkant ja nur so groß. Da kann das Haus nicht viel größer sein. Die beiden sind auch nur so groß wie die Taube. Direkt um die Ecke ist das Bett. Die gehen sofort da rein und dann poppen die. So. Jetzt haben wir genug erzählt.

Die Gazelle

Die kleine Gazelle geht durch die Straße und in ein Waldstück rein. Ein grün metallicfarbener Passat Kombi ist auf der Reverendstraße unterwegs. Zwei Unbekannte sitzen in dem Auto. Als der Wagen angehalten hat, steigen sie aus. Vierhundert Kilometer weiter liegt ein Stück Pflaster auf der Straße. Es regnet. An dem Pflaster ist ein Blutfleck. Das allein gibt mir schon zu denken.

Die Gazelle hoppelt in den Wald hinein. Es wird immer dunkler. Der Wald gibt seine Preiselbeeren frei. Es riecht nach leckeren Waldbeeren. Eine Hexe steht vor einem Lebkuchenhaus und lockt Kinder an. Hänsel und Gretel gehen hin und werden gegessen. Aber das nur nebenbei.

Plötzlich kommt der Gazelle ein Adler zu Fuß entgegen. Er hatte kein Geld mehr für einen Flug. Der Adler ist ungefähr so hoch wie die Gazelle. Die Gazelle ist ungefähr so hoch wie der Adler, nur ein Stück höher, ungefähr vierzig Zentimeter. Sie wollen auf dem Weg aneinander vorbeigehen, der eigentlich schmal genug ist für zwei. Plötzlich teilen sich die Büsche: der amerikanische Präsident und seine Frau beim Geschäft. Ihr wisst, was ich meine. Sie werden vom belgischen Innenminister gefilmt.

Die Gazelle klopft an und sagt: »Guten Tag.« Der amerikanische Präsident lässt eine kurze Weile von seiner Frau ab. Da kommt ein Junggeselle und will sie begatten. Der amerikanische Präsident muss sich behaupten. Der Kampf beginnt. Sie knallen ihre Oberkörper immer wieder zusammen, ihre Gesichter sind schmerzverzerrt. Die Frau robbt weg, als plötzlich einer gewinnt: der Innenminister von Belgien. Er ist etwas korpulenter als der amerikanische Präsident der Vereinigten Staaten von Amerika, und der amerikanische Präsident muss seine Herde verlassen. Mutterseelenallein geht er in den Wald.

Während die Frau des amerikanischen Präsidenten nun mit dem belgischen Innenminister kopuliert, balzt in der Nähe ein dritter Jüngling in einer Gruft, die er sich selbst gebacken hat.

Im Wald geht eine Tür auf, und die Gazelle kommt heraus. Sie trifft den amerikanischen Präsidenten, der alleine durch den Wald robbt. Seine dicken Fettpolster bieten ihm Schutz gegen pickende Vögel. Ein Vogel hat eine Zecke in der Haut des Präsidenten gefunden.

Die Gazelle sagt: »Ich suche meine Mama!« Der amerikanische Präsident sagt in einer Sprache, die die Gazelle nicht kennt – der normalen Sprache der Dickhäuter: »Aua.« Der Vogel steht immer noch auf seinem Nacken und pickt in den Wulst hinein, um die Zecke herauszuholen. Ein gefundenes Fressen für den kleinen Fregattvogel, der wiederum gespielt wird von der Frau des amerikanischen Präsidenten von Amerika.

Plötzlich tut sich eine Falltür auf. Helmut Kohl kommt heraus und fragt: »Sind die Frikadellen schon fertig?« Eine Horde ungezogener Kinder steht daneben und lacht. Sie lecken an einer bunten Zuckerstange, die sie aus einer Bude haben, in der ein böser Mann sitzt, der vorbeigehenden Omas immer an die Titten packt.

Doch was geschah mit dem grün metallicfarbenen Passat? Ich kann es euch erzählen, liebe Freundinnen und Freunde hier in der Stadt X. Mit dem Auto passierte Folgendes: Es wurde abgeschlappt wegen Falschpark. Die beiden Unbekannten überfielen die Raiffeisen-Kasse und kamen mit Speckhandschuhen um die Ecke, um sich selbst zu bewundern.

Die kleine Geschichte fand aber einen guten Ausgang. Die Gazelle fand ihre Mutter wieder. Doch die Mutter nahm die Gazelle nicht an. Aber das gehört zu einer anderen Geschichte. Jetzt kann ich sagen, es war ein guter Ausgang. Die Gazelle hat ihre Mutter wiedergefunden.

Beethoven (3)

Das nächste Lied, das ich mitgebracht habe, kann ich hier kurz zeigen: Ja, das habt ihr nicht gedacht, dass ich Beethoven mitbringe! Alter Kumpel von mir. Der Vorname steht hier nicht. Aber hier ist ein Foto von ihm, ich zeige es mal kurz: ein tolles Foto, 1812 aufgenommen. Im Schlaf wahrscheinlich. Der Fotograf hat ihn wohl überrascht. Franz Klein, wie hier steht, vielleicht war es ein Künstlername. Es gibt sicher noch Negative, auf denen er die Augen aufhat. Wo er vielleicht sagte: »Hau ab hier, du! Hörst du wohl auf, hier zu knipsen, du! Ich will pennen! Schlafen! Ich hab den ganzen Tag komponiert! Guck mal hier, du! Ja sicher!« Oder ich kann mir vorstellen, dass er vielleicht kurz vor der Gurkenmaske fotografiert wurde, weil er nachher ja ganz anders aussah.

Beethoven, Klaviersonaten Band eins. Conni Hansen. Wahrscheinlich seine damalige Else. Die Musiker haben ja schon damals immer ordentlich auf die Kacke gehauen. Der ist mit der von einer Kneipe in die andere. Und zwischendurch schön Harrharr. Kann aber auch sein, dass sie immer gesagt hat: »Nee, ich will nicht«, und dass er dann diesen Mist-die-Alte-will-schon-wieder-nicht-Blick entwickelt und gedacht hat: Dann komponiere ich eben wieder, auch wenn ich gar nichts mehr hören kann!

Beethoven selber hat ganz viel geschrieben, sehr viel auch für den elften Finger. Wenn er dann früher im Damenkränzchen am Klavier gesessen und seine Fünfte angestimmt hat, haben die ihm ihre Slips hingeschmissen. Beethoven, Popeethoven, alter Schlingel!

Die Beatles haben sich auch nach ihm benannt. So. Ich spiele Inhalt. Band eins. Allegro popitel. Allegro con brie. Allegro con Schafskäse. Allegro alio et olio. Presto grave alla Putenkeule. Damals war alles ein bisschen deftiger. Allegro legro. Andante on variationi di piccolo.

Ich spiele von Seite 249: Adagio solschenizyn. Sonate. Ho ho, er schrob sogar Sonaten. Der Gräfin von der Post gewidmet. So wurde damals die Lady Chatterley genannt.

Ich spiele Adagio cunado toto pesto delicatessimente senso sardino, was auf Deutsch heißt: Dieses ganze Stück muss sehr zart und in eigenem Saibling gespielt werden. Ich bitte um Ruhe.

Dort sind vier Kreuzchen verzeichnet. Ganz klar, es handelt sich also um ein Eses. Oder ein Hisis. Das Lied ist sehr leise. Es ist so leise, dass ich mir unmöglich vorstellen kann, dass Beethoven es jemals selber gehört hat. Ich bitte um äußerste Ruhe! Ich kann jetzt schon sagen: Wenn Beethoven dieses Lied gespielt hat, hörte man ausschließlich das Zusammenquetschen der Wonderbras. Vom gerührten Atmen. Ich bitte also um Ruhe.

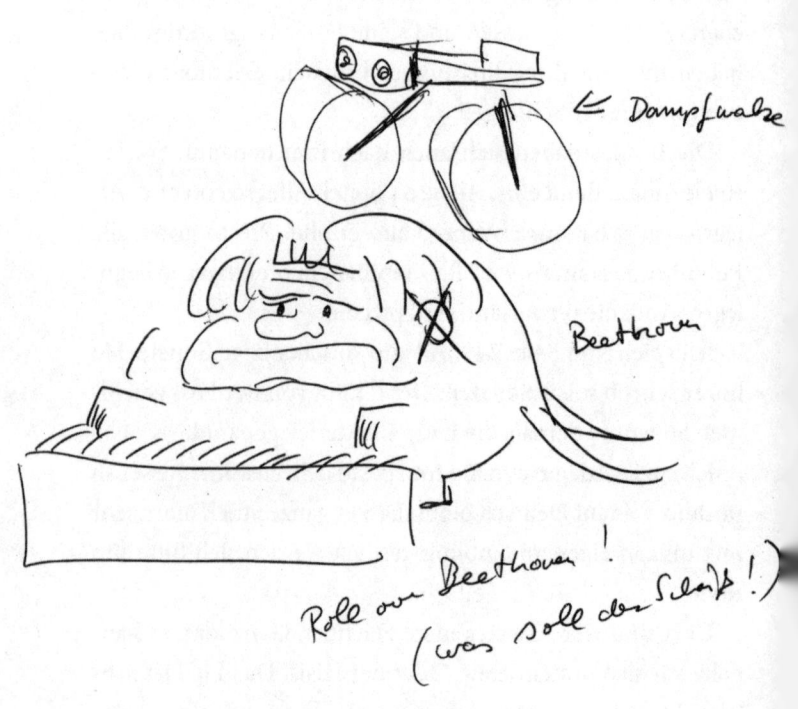

Wochentage

Ich trinke jetzt erst mal keinen Tee. Oder doch. Komm, Bodo. Ein Schlückchen Tee. Ich sage schon mal im Voraus Danke, dann kannst du schon mal gehen. Sag mal, kannst du mir nachher mal keinen Tee bringen, sondern ein L oder ein M? Das war der erste Gag heute Abend. Ich merke schon, ihr habt es auch ein bisschen mit Humor. Wenn Humor dabei ist, will ich gerne mitspazieren.

Das nächste Lied ist nicht »Backe, backe Kuchen«, wie ihr vielleicht vermutet habt, weil zu Tee ja auch ein bisschen Kuchen gehört. Ihr habt ja gesehen, dass ich keinen Kuchen mitgebracht habe. Dann wird der Helge sich hier vielleicht einen backen, habt ihr gedacht. Grrraaaarrrrrr.

Ah, das ist ein schönes Lied. Harrrr, haaaarrrrgh. Chemnitz, Plauen, Gotha, Halle, Marburg, Siegen, Bremen, Hannover, Magdeburg, Leipzig, Zürich, Liechtenstein, Iran, Irak, Augsburg, Ulm ... ah, das ist doch gar kein Lied. Das ist der Tournee-Plan vom letzten Jahr.

Ein anderes Lied. Angelika, Jutta, Doris, Elke ... nein, das sind die Letztgepoppten. Harrharrharrharrr. Der Wohnwagen wackelt immer noch.

Wir haben ein bisschen Zeit mitgebracht. Heute ist Samstag, einer der schönsten Tage außer Sonntag, Freitag und Mittwoch. Montag ist auch ein sehr guter Tag. Ich empfehle den Donnerstag, vor allen Dingen aber auch den Dienstag.

Das nächste Lied ist ein sehr schönes Lied. Es ist nicht mehr ganz neu, schon ein paar Tage alt. Aber ich werde es jetzt mal singen. Och, wie bequem. Hach, wie bequem. Seit ich sitzen kann, dauern meine Konzerte meistens zehnmal so lange. Ich hoffe, ihr habt ein Wochenendticket, um nach Hause zu kommen. Ist ja ganz schön glatt auch. Vor drei Tagen war ich mal draußen pinkeln, da haben die mich abgesägt, weil es so kalt war …

Beethoven (4)

Ich habe ein Buch von Beethoven aus dem 18. Jahrhundert mitgebracht. Das ist schon sehr oft benutzt wurden, wie man an den Eselsohren sieht. Ein sehr altes, ehrwürdiges Papyrus-Buch. Beethoven war damals sehr berühmt. Heute zu vergleichen mit vielleicht Matthäus, dem passionierten Fußballer. Man muss sich vorstellen, damals hatten die kein Fernsehen. Trotzdem war Beethoven sehr berühmt. Er war sehr, sehr berühmt. Wer Matthäus nicht kennt, vielleicht so berühmt wie heute Ulli Wanders und Rudolf Schock, die beiden Wandersleute.

Ganz schön heiß hier. Kann man die Lüftung mal anmachen? Ja, so ist es gut. Hier ist ein Bild von Beethoven. Er schaut ein bisschen traurig aus. Das liegt daran, dass er auf dem Foto schon tot ist – denkt man. Aber das stimmt nicht, er soll nur für die Versicherung tot spielen. Schon damals haben die Leute betrogen.

Wie gesagt, damals war es ein Kunststück, ohne Fernsehen so berühmt wie Beethoven zu sein. Aber die Leute haben sich trotzdem schon in ihre Wohnzimmer gesetzt und in die Ecke geguckt. Das war eine sehr schöne Zeit. Sehr viele Frauen warfen sich Beethoven zu Füßen mit den Worten: »Nimm mich hin, du Gurke!« Er war ein lustiger Zeitgenosse. Er hatte aber auch einen Freund, Georg Friedrich Händel. Den Bruder von Gretel, kennt ihr vielleicht. Der ist von seinen Eltern in den Wald zum Lebkuchenhaus geschickt worden, wo die Hexe wohnt. Das war sehr weit. Die haben sich einen Wolf gelaufen und dann die Hexe dem Wolf zum Fraß vorgeworfen.

Beethoven selber verbrachte sein Leben in einem gläsernen Sarg. Eines Tages stach er sich mit einer Spindel in den Finger. Ein Blutstropfen quoll heraus und tropfte auf seinen Tanzschuh, den er auf der großen Freitreppe liegen ließ. Das Mädchen, das zu Hause bei Beethoven die Asche puttelte, fand den Schuh und küsste ihn, woraufhin Beethoven so groß wie ein Daumen wurde und sich von nun an Däumling nannte. Mit einer Gans unterm Arm kam er eines Tages nach Hause und tauschte sie gegen einen Klumpen Gold. Sein Leben war fast wie ein Märchen.

Ich nehme mal meine Brille ab, denn Beethoven hatte auch keine Brille. Früher hatten die Leute keine Brille, auch wenn sie schlechte Augen hatten. Den Beruf des Optikers gab es noch nicht. Auch nicht den des Glasers, sonst hätte man vielleicht mit Holzrahmen, Fensterscheibchen und kleinen Nägelchen improvisieren können. Es gab aber andere Berufe, wie zum Beispiel Freiwillige Feuerwehr, Technisches Hilfswerk oder Diakon. Das waren die Hauptberufe damals: König, Bettler, Edelmann, Bürger, Bauer, Bettelmann. Kaiser war auch ein Beruf, der ganz gut angesehen war bei den Leuten.

Nicht gut angesehen war Skateboard-Verleih, denn das gab es noch gar nicht. Aber andere Berufe, wie zum Beispiel Fernsehmoderator, waren in Aussicht. Wie gesagt, die Leute saßen ja damals schon im Wohnzimmer und guckten in die Ecke, und bestimmte Leute malten sich in der Fantasie schon aus, wie sie in ebendieser Ecke sitzen und moderieren.

Beethoven war immer ein bisschen sauertöpfisch. Er hat sehr grimmig geguckt, was daran lag, dass er mit einem Meter selbst für damalige Verhältnisse nicht sehr groß war. Die Menschen waren damals kleiner, damit sie in ihre Anziehsachen passten. Dafür war er zwei Meter breit, sechs Meter lang und achtzehn Meter tief.

Jedenfalls, wenn jemand damals etwas an den Augen hatte, gab es ein altes Hausmittelchen: schöne, leckere deutsche Möhren ganz tief in die Augen gesteckt. Was dann übrig bleibt, sieht ein bisschen so aus wie eine Pupille.

Aber ich will euch jetzt nicht länger auf die Folter spannen und das Stück spielen. Es ist ein sehr schönes Stück, allerdings schon von der Schreibweise her sehr leise geschrieben. Es schreit einen nicht an wie viele Kompositionen von Frank Zappa zum Beispiel. Dieses Stück ist, steht, liegt für sich im dicken Daunenbett der Gefühle. Es wird praktisch ohne Anschlag auf dem Klavier gespielt. Damals gab es auch noch keine Klaviere, die großen Komponisten haben ausschließlich für Karnevalströten oder zusammengekniffene Luftballons schreiben müssen.

Das hier ist ein Automatik-Klavier. Nur zwei Pedale: Gas und Bremse. Das Lied ist so leise, dass Beethoven es selber nie gehört hat. Er hatte ja seine Trommelfelle verkauft.

Kreuzworträtsel

Ich mache auch manchmal Kreuzworträtsel. Ich halte dann an der Autobahn an und sage: »Guten Tag. Ich hätte gerne ein Kreuzworträtselheft für Fortgeschrittene mit 380 Seiten und einen Kugelschreiber. Danke schön. Auf Wiedersehen.« Dann setze ich mich ins Auto und mache das Heft auf, fange an und bin in zwanzig Minuten mit dem gesamten Heft fertig. Viele meiner Kreuzworträtsel-Rater-Kollegen auf der ganzen Welt – ich bin ja im Kreuzworträtsel-Klub – fragen immer: »Wie machst du das, Helge?« Das ist ein kleiner Tipp, den ich euch heute geben möchte: bei Kreuzworträtseln einfach ganz andere Sachen hinschreiben, als die wollen. Die wollen zum Beispiel Sachen wissen wie »Gefrorenes mit drei Buchstaben«. Da schreibt man einfach irgendwas hin. Das sehe ich gar nicht ein, dass ich dort das hinschreibe, was die wollen. Das interessiert mich überhaupt nicht. Die können mich mal. Die feinen Herrschaften, wenn die meinen, sie können uns vergackeiern, dann haben die die Rechnung ohne den Wirt gemacht. Ich kreuze an, was ich will. Das ist mir scheißegal, Leute! Ich schreibe Buchstaben aus meiner Fantasie! Gar nicht, was die wollen in dem Heft! Ich kaufe die gar nicht mehr, ich will die gar nicht mehr haben! Helau! Ruhe! Hefte raus, Klassenarbeit!

Im Zoo (3)

Das nächste Lied handelt vom Zoo. Der Zoo ist ein Ort, an dem Tiere zur Schau gestellt werden. Ich weiß noch, wie ich als kleiner Bub zum ersten Mal in den Zoo ging. Das war 1958. Mit meiner kleinen Kodak-Kamera wollte ich die Tiere im Zoo fotografieren. Mein Gott, der Elefant. Ich hatte noch nie im Leben einen Elefanten gesehen. Der ist ja riesengroß. Er war das Erste, was mir ins Auge fiel. Ich kann euch sagen: Das tat weh, das kann man sich gar nicht vorstellen.

Ich konnte mit meiner kleinen Kamera gar nicht weit genug weg gehen, um den Elefanten in voller Länge auf Zelluloid zu bannen. Auch die Giraffe war zu hoch, um mich als Kind darüber zu beschweren, dass ich so klein war. Auch eine Horde Flamingos, die war einfach so da und hat sich einen schönen Tag gemacht. Die waren gerade aus Afrika geflogen und haben sich gedacht, komm, wir stellen uns mal dort vorne in die Matsche, das sieht gut aus. Dann können die Leute Fotos machen.

Damals waren meistens Schwarz-Weiß-Fotos an der Tagesordnung. Farbfotos gab es, glaube ich, noch nicht.

Obwohl, ich kann mich an ein Paar rote Lackschuhe erinnern, die ich trag. Ich hatte wirklich ein Paar knallrote Lackschuhe. Ich weiß nicht, warum. Ich glaube, ich habe sie von meiner Schwester aufgetragen.

Der Elefant wurde von den Leuten auch gefüttert. Es kam eine Familie und brachte dem Elefanten eine Couch, einen Massage-Fernsehsessel, ein Sideboard, einen Schlafzimmerschrank, ein Bett, eine Toilettengarnitur. All das musste der Elefant essen. Damals gab es noch keine Schilder »Füttern verboten!«. Der Elefant hatte Riesenhunger und das ganze Zeug aufgegessen, aber im Magen konnte er nicht viel damit anfangen, vor allem nicht mit der Sitzgarnitur. Er fiel einfach um und blieb liegen. Daraufhin machten die Wärter ein Schild an das Elefantengehege: »Füttern verboten!«, was natürlich sofort eingehalten wurde.

Aber damals war das so üblich. Die Leute sind in den Zoo gegangen und haben zum Beispiel ihre Schwiegermutter in den Bärenkäfig geschmissen. Das war für den Bären eine Klacks-Sache. Ein Bissen und die Alte war kaputt. Das war ein schneller, schmerzloser Tod für diese Schwiegermutter und für diese Familie eine große Entlastung, außer dass die Bude dann total verdreckte. Es wurden keine Fenster mehr geputzt – nichts, und der Vater bekam kein Bier mehr ans Bett gestellt.

Die spanische Gitarre

Das ist eine spanische Gitarre. Ich habe sie von der Gruppe Gipsy Kings geschenkt bekommen. Zwei von den Jungs haben bei mir Unterricht, und zwar Deutsch.

Die Gitarre hat leider einen kleinen Defekt. Hier ist ein Loch drin, aber das ist nicht so schlimm. Von der einen Seite ist sie in Ordnung. Das ist eine sehr schöne Seite. Allerdings kann man hier drauf nicht spielen, es sind keine Tasten da. Sehr schön hier, die zwei schwarzen Streifen. Das erinnert mich an meine Schulzeit. Da gab es einen bei uns in der Klasse, der hatte auch eine kurze Lederhose. Da wurde jedes Jahr ein breiterer Streifen reingenäht, damit die passte. Nachher war der Streifen sehr breit und von der Hose war nichts mehr übrig. Das waren eben andere Zeiten. Da gab es noch kein H&M.

Hier ist eine kleine Macke drin. Ganz klar, ich muss mich oft zur Wehr setzen. Dann schlage ich mit der Gitarre zu. Die Groupies kommen immer in die Garderobe rein und wollen ficken. Aber ich kann nicht alle auf einmal ficken. Das ist zu schwer. Das geht nicht so gut. Das geht nur der Reihe nach.

Aber manche sehen das nicht ein, und dann muss ich mit der Gitarre draufhauen. Sollen die doch zu anderen Künstlern gehen, zu Josef Neckermann oder so. Wenn der mit dem Reiten fertig ist. Aber der lebt, glaube ich, gar nicht mehr. Ich weiß noch, wie der immer im Fernsehen beim Reiten kam, und wir dachten: Komisch, das ist doch gar kein Sportler. Der sitzt doch nur da auf dem Pferd und bewegt sich nicht. Aber er hatte die Kaufhäuser, wie jetzt Galeria Kaufhof und Karstadt. Viele Menschen richten ihr Leben ausschließlich danach aus, wann die aufmachen. Und es wird immer später. Von Jahr zu Jahr machen die später auf. Irgendwann will man um ein Uhr dahin, und dann steht da: »Ab ein Uhr auf. 13 bis 15 Uhr Mittagspause. Geschlossen von 15 bis 17 Uhr.« – und dann noch mal auf, aber nicht sichtbar.

Ich war heute zehnmal im Wasserfass. Ich habe nicht, wie die anderen Stars, Netzer – einen Swimmingpool zu Hause. Wie Gunter Gabriel oder Günter Netzer. Günter Netzer, ein sehr sympathischer Kerl. Er hat vor allem richtig Ahnung vom Fußball. Das finde ich gut. Früher, als er noch gespielt hat, habe ich seine Bilder gesammelt. Das hieß »Fußballbilder«. Ich war einer der größten Fußballbilder-Sammler.

Ein Witz

Geht eine Frau zum Arzt: »Guten Tag, Herr Doktor.«
 Sagt der Arzt: »Was ist denn?«
 »Ja, äh, ich habe zu viel Bartwuchs.«
 »Zeigen Sie mal her. Wie tief geht das denn runter?«
 »Bis zum Sack!«

Solche Witze habe ich nicht nötig zu erzählen.

Im Kaufhof-Restaurant

Diese Gitarre hier ist ein sehr schönes Einzelstück. Ganz allein steht sie dort. Sie war mal weiß, aber so kann sich das Leben ändern. Ich kann kurz erzählen, wie es dazu gekommen ist.

Ich saß im Kaufhof in der ersten Etage in einem sehr schönen Restaurant. Dort ist es sehr lecker. Direkt hinter der Bettenabteilung, wo man auch schön liegen kann, wenn man Zeit und Muße hat und ein dickes Fell, denn die wollen einen da weghaben. Man eckt ja immer an im Leben, wenn man anders ist. Anscheinend sind die, die da einkaufen gehen, nie so müde. Deshalb liegt da keiner. Ich lege mich da immer für zwei, drei Stündchen hin.

Dann gehe ich in der Essensabteilung etwas essen. Sehr schön, sehr lecker. Ein ganz tolles Restaurant. Dort kann man mit Studentenausweis für denselben Preis essen wie die anderen Leute. Das ist das Schöne daran. Dann fühlt man sich nicht so blöd, wenn man Student ist oder wenn man keiner ist.

Ich saß dort und aß falschen Rehrücken. Der war sehr,

sehr lecker. Der wird gemacht aus Herings- oder Hummerersatzpaste. Eine sehr schöne, aus Polyester hergestellte Speise, die mit Geschmacksverstärker umrahmt ist. Mit Zuckerguss – aber nicht mit echtem Zucker, sondern aus Surrogat. Da muss man ganz, ganz vorsichtig mit umgehen. Und damit das auch aussieht wie ein Rehrücken, ist da ein Zettel drauf. Mit links geschrieben steht da mit Kugelschreiber auf einem ausgerissenen Stück Mathematikheft: »Rehrücken, echt! Lecker Kaufhof.« Kaufhof gibt's ja mittlerweile überall, heißt nur überall anders. Schlecker, Plus, Gemini, Lidl, Rewe. Charakteristisch an diesen Supermärkten ist, dass die sich immer genau gegenüber bauen. Damit die beobachten können, wer da reingeht und – vor allen Dingen – wer nicht.

Ich saß dort also und aß und aß einen sehr leckeren Rehrücken in Reisrand mit Kartoffelbrei und Nudeln. Eine sehr schöne Angelegenheit mit sehr viel Kohohydrota. Kohlohydrata. Sehr gut abgeschmeckt mit Kartoffelsalat, dazu gibt es Pfälzer Ratten, das sind längliche Kartoffeln, normale Pellkartoffeln und Bratkartoffeln und Pommes, Reibekuchen und Kartoffelklöße, zusammen mit Gnocchi, Makkaroni und Penne. Verrührt in einer Matsche mit dem Rehrücken und dem Zettel.

Das wird einem hingestellt mit den Worten: »Da! Ihr Rehrücken, Herr Schneider.« »Dankche.« »Bittä.« Und ich aß und aß. Ich hatte die Gitarre mit auf dem Schoß. So ein gutes Stück lässt man nie ganz alleine. Plötzlich sah ich, wie ein stadtbekannter Zahnarzt reinkam, der nur am Wochenende zieht. Der hat keine eigene Praxis, sondern kommt mit einem einbeinigen Hocker zur Garagenauffahrt und zieht dir den Weisheitszahn ohne Betäubung. Das geht ganz einfach: Hammer und Meißel eingesetzt, draufgehauen. Raus ist der Zahn.

Dieser Zahnarzt, zu dem ich nicht gehe, hatte einen Pickel am Hals. Ich denke noch: Was macht der denn da? Was fummelt der denn daran rum? Das macht man doch nicht! Aber der fummelte an seinem Pickel rum, und als er in meiner Höhe ist, da konnte ich nur noch die Gitarre vors Gesicht halten und einmal umdrehen, sonst wäre ich selbst getroffen worden. Eine furchtbare Geschichte. Aber so sieht man einmal wieder: Das wahre Leben schreibt die dollsten Geschichten.

Konzert in Würselen

Hier ist ein Wetter! Jetzt kommt ein leichter Windzug auf. Bodo, kriege ich einen Schluck Tee? Es sind jetzt, glaube ich, auch alle da. Haben wir etwas für die Mikrofone hier oben drauf wegen dem Wind? Ein Stück Pappe oder so? Egal. Oh, sehr lecker. Oliventee! Sehr schön! Agaventee! Toll! Leandertee, nein, Pfefferminztee! Sehr lecker, sehr gesund. Ich trinke ganz zu Ende …

Bodo macht bei uns eine Ausbildung. Er ist im dreizehnten Jahr. Noch dreiundzwanzig Jahre, dann sind die sechsunddreißig Jahre um. Das ist eine sehr lange Ausbildungszeit, aber dann geht's auch endlich ans Geldverdienen.

Er trägt meine alten Anzüge auf. Sieht komisch aus. Ich dachte immer, beim Menschen wäre die Wurst hinten. Schöne Schuhe. Ich habe heute am Straßenrand ein Paar Schuhe gesehen, bei denen ich dachte, das könnten seine Schuhe sein.

Das war's für heute. Na ja. Hat sich gelohnt, hierhin zu kommen. Nein. Erst einmal vielen Dank für meine Einladung hier nach Würstelenchen auf die Burg Wunstein.

Hello Pete, Had you ever been here in this wonderful Gewölbe? Sehr schön. Wusste gar nicht, dass man heute noch so baut. Hätte ich nicht gedacht. Sehr schön. Aber auch die Wand ist sehr schön. Nicht nur das Dach.

Eine sehr schöne Freilichtbühne. Hier wird sonst sicherlich immer Rumpelstilzchen gegeben oder Nikolaus und Isolde oder Ernie und Bert, oder Peter Lustig kommt mit seinem Bauwagen vorbei oder der Verkehrskasperle mit der Verkehrserziehung oder es gibt praktischen Sexunterricht mit Oswald Kolle ... Gib mir noch einen Schluck Tee. Ich bin Teeist, ich muss Tee trinken.

Ich sehe, ihr habt euch Verpflegung mitgebracht. Pringles. Die sind gefährlich, die machen den Bauch wie mit Beton voll und dann kippt man um und stirbt. Da muss man aufpassen.

Pete, goes it you good? We underhold us together with English sometimes. I had a six in English. It's a not so good note but it's a note. And I can habla ... Ich verfalle immer sehr ins Spanische, wenn ich der Gitarre zu nahe komme.

So kann man auch mal hinter die Kulissen gucken. Sergej Gleithmann aus der ehemaligen Serviettunion. 1984 spektakuläre Flucht in einem Erdbeerglas. Er versteht uns nicht. Gleich kommt er noch mal als Tänzer dran. Er spielt auch Saxofon. Aber das kommt erst in der zweiten Hälfte.

Es soll Sturm geben, aber erst nächste Woche, glaube ich. Ihr seid so ein liebes Publikum hier in Würselen. Das gehört ja auch noch mit zu Würselen. Würselen ist sehr klein, die Stadt hat ungefähr drei Traktorlängen. Viele Leute, die hier wohnen, wohnen auch im Umland, denn Würselen hat nicht so viele Einwohner. Hier das wunderschöne, herrliche, leckere kalte Buffet ... Ich dachte gerade wieder an Essen. Ich habe nämlich eben gegessen.

Was steht da auf dem Zettel? Das muss ich doch mal lesen, was das Kind dort hochhält. »Helge S.« Das heißt sicherlich Schneider. Das finde ich gut. Ich war mal bei einem Britney-Spears-Konzert, da haben die vor mir immer ein Brett hochgehalten. Ich habe gar nichts sehen können. Aber hier ist das anders, ihr da hinten könnt darüber hinweggucken. Das ist ganz lieb, was du da gemalt hast. Dafür bekommst du eine Fünf plus. Das ist doch immerhin etwas, oder? Das kennst du gar nicht, ne? Du kennst nur zweistellige Schulnoten, richtig? Zehnunddreißig.

Würstchen haben wir nicht dabei, oder? Ich habe auf einmal Hunger.

Als Gott der Herr die Erde schuf

Als Gott der Herr die Erde schuf, war das, was wir noch erleben werden, bereits vorbei. Denn damals war morgen. Das liegt daran, dass die Zukunft die Vergangenheit in der Gegenwart widergespiegelt ist. Wegen dem Knick im Weltall. Ganz hinten geht es noch mal um die Ecke. Da braucht man gar nicht drüber zu diskutieren. Das ist einfach so. Wer ein Fernglas hat, kann das vielleicht sogar sehen.

Einzelne Planeten waren schon fertig. Der liebe Gott saß in seiner kleinen Küche an seinem Auszieh-Resopal-Tischchen – falls mal Besuch kommt. Er saß da und hatte sich auf seinem kleinen Zwei-Platten-Herd eine Grießsuppe gemacht. Daneben waren ein Alu-Spülstein, ein Kühlschrank, ein Fünf-Liter-Warmwassergerät und eine Schranktür. Wenn man die aufmacht, ist ein Plastikpapierkorb drin, bei dem der Deckel von selber hochgeht – erdacht von einem Ingenieur, der sicherlich einiges auf dem Kasten hatte. Über dem Herd – das war ganz gemütlich gemacht – ist ein Holzbrett, das sein Sohn gefertigt hat. Der war Modelltischler bei Mannesmann gewesen, und als es Mannesmann nicht mehr gab, woanders.

Die Erde war noch nicht da. Da er im Fernsehen so etwas schon einmal gesehen hatte, wollte er auch so etwas machen. Auf die Grießsuppe hatte er keine Lust mehr, sie war inzwischen kalt geworden. Achtlos hatte er seine Reval darin ausgedrückt, weil er keinen Bock mehr hatte zu rauchen. Damals gab es auch noch kein Rauchverbot, weil man Rauchen noch nicht kannte. Aber der liebe Gott hatte Zigaretten. Ihm war alles möglich, was man heute manchmal nicht glauben mag.

Im Regal hat er dann Restmaterie gefunden, aus dem er die Erde machte. Sie war mal rund, was man heute nicht mehr behaupten kann. Wenn man heute durch die Stadt geht, sind die Straßen ja flach, und dann kommen die Bordsteine. Da kann mir keiner erzählen, dass die Erde noch rund ist. Nord-Süd-Fahrt, WDR-Gebäude, da ist ja alles ein bisschen erhaben. Das ragt ja aus der Erde hoch, habe ich manchmal das Gefühl.

Danach hat er dann erst mal Menschen draufgemacht. Tiere waren auch dabei. Aus dem Känguru entwickelte sich der Wurm, daraus der Mensch, und wenig später wurde auch schon der sprechende Mensch erfunden. Da war einer, der sollte das darstellen, nach dem Motto: »Komm, sag mal was, komm!« Und dann fing der an: »Boh.« Seine ersten Worte waren: »Brrr« und »Brrr kalt«. Und dann direkt Fast-Halbsätze wie: »Joooah«. Das hört man heute noch oft: »Joooah. Wetter, ne?« »Joa, joa. Machen Sie mir ein schönes kühles gepflegtes Pils.« Das waren die ersten Worte, die Menschen aus dem Ruhrgebiet, wo ich herstamme, gesprochen haben.

Die Geschichte hat plötzlich ein Ende gefunden. Ich sehe

unseren Gitarristen Sandro, der auf sein Gitarrensolo wartet. Aber der liebe Gott hat damals auch die Liebe auf die Erde draufgelegt, sodass die Menschen damit auch etwas anfangen können, der eine so, der andere so. Da gibt es aber nur ganz wenige echte Lieben. Eine echte Liebe ist zum Beispiel die zwischen Lehrherr und Auszubildender, weil da Abhängigkeit besteht.

Noch ein schönes Lied, danach machen wir eine kleine Pause. Aber vor der Pause will ich noch einen von uns vorstellen. Einen, der im Straßenverkehr gerne unauffällig an der Ecke steht und wegguckt, weil er den Verkehr nicht mehr ertragen kann.

Meine Damen und Herren, liebe Kinder. Ich mache eine Einleitung für das nun folgende Lied »Bitte geh nicht vorbei«, bei dem unserer Gitarrist Sandro Giampietro ein Solo spielen wird. Er tritt dann gleich einen Schritt nach vorne. Mach nicht zu laut. Hier sind viele, viele alte Leute, nicht nur im Publikum, sondern auch unter uns.

Und von dir höre ich hoffentlich keinen falschen Ton. Ein falscher Ton, und du wirst von deinen Kollegen nicht mehr gefüttert. Ja, wat denn? Ja, hör mal! Der kann uns mal am Arsch lecken!

Amerika

I wanna thank you. I'm so happy to be here in this wonderful Auditorium. I like to stay here in sight of you and you are for me so much worth. It's no joke when I say I love you. We love you. We play the music, a song, and all the people we are happy to be here. It's a wonder to exist in this wonderful atmosphere. I don't wonna repeat this.

Ja, ihr habt's gemerkt: Ich habe ein bisschen Englisch gelernt. Wir machen nämlich nächstes Jahr eine Amerika-Tournee. Die Amerikaner wollen uns haben. Deshalb habe ich Englisch gelernt und den Song »Fly me to the Moon« – Flieg mich zum Mond – gesungen.

Hier ist das Klavier abgebildet. Ihr habt als Mitwirkende toll mitgemacht. Habt einfach dagesessen, so wie es in Amerika auch sein wird. Ich habe mit euch auf Englisch, also in der dort üblichen Landessprache, gesprochen. Auf amerikanischem Englisch mit ein wenig Slang. Ich habe mich auch optisch schon ein wenig auf Amerika eingestellt, damit ich da nicht so auffalle. Hier kannst du natürlich nicht so rumlaufen. Wenn du hier ohne Angelschein im Tarnanzug aufgegriffen wirst, dann denken die, du wärst bekloppt.

Ich muss jetzt mal eine von den beiden Sonnenbrillen absetzen. Einen Helm habe ich auch auf. Der sieht eigentlich harmlos aus, hat es aber in sich. Das ist ein ganz spezielles, sehr dehnfähiges Gummi. Das gibt es nur in Paris. Das ist so dehnfähig, damit kann man einkaufen gehen. Auf den Markt zum Beispiel: »Guten Tag. Zehn Doppelzentner Linda.« Oder Astrid – auch eine gute Kartoffelmarke. Und dann zieht sich das so in die Länge.

Im Grunde sind diese Gummihelme auch der einzige Schutz gegen Atom. Die aus Stahl wirken nicht so gut. Wenn eine Atombombe runterfällt, und man hat diesen Gummihelm auf, dann geht die daran vorbei, da will die nichts mit zu tun haben, das ist der zu weich. Atom will auch wirken. Will angeben. Und so kann es das nicht. Das ist ein Pazifistenhelm, ganz klar. Aber von der Farbgebung fast so ähnlich. Man wird davon total aggressiv. Ich nicht, ich habe mich sehr daran gewöhnt. Ich gehe damit sogar ins Bett. Kannst du auch Milch holen damit. Kann man alles machen. Schön weich. Ich tu den jetzt mal weg, den Helm des Anstoßes.

Aber bevor wir nach Amerika fahren, geht es nach Japan. Dort sind wir auch eingeladen. In Tokio haben wir einen Gig in einem selbstverwalteten Jugendzentrum. Weil wir dort nicht so viel verdienen werden, fliegen wir dort nicht mit dem Flugzeug hin, sondern über den Landweg. Das ist billiger.

Ich habe das schon einmal 1969 gemacht, da bin ich auf Rollschuhen von Dänemark nach Japan, über China, Belgien, Kongo, Griechenland, Türkei, Saskatchewan – das ist in Amerika, da hatte ich mich verfahren. Damals gab es noch kein Navigationssystem, so wie die das heute alle in den Autos haben. Das kennt ihr sicher auch, sonst wärt ihr ja nicht hier. Braucht man nur »Philharmonie Köln« eintippen, sich ins Auto setzen, und irgendwann hält man an, steigt aus dem Auto, guckt doof und ist da. Musst dir nur merken, wo dein Auto steht, weil die heute wegen der Wiederverkäufe alle gleich aussehen. Die müssen alle grauschwarz oder silber sein. Denkt einmal über meine Worte nach.

Hätte ich nach dem letzten Satz keine gespielte Pause gemacht, wäre sicherlich kein Applaus gekommen. Sehr schön auch der braune Tesa-Streifen, der hier über den Teppich geklebt ist. Das ist richtig klassisch. Sehr schön.

Ein toller Koffer. Hoffentlich falle ich da nicht drüber. Das sind Sachen, mit denen man nicht rechnet. Huch, hoppla … das ist der typisch englische Humor, muss ich gerade feststellen.

Hier auf dem Flügel fehlt eine Klappe. Das liegt daran, dass die vom Westdeutschen Rundfunk hier aufnehmen. Die haben hier Spionage-Mikrofone aufgebaut, mit denen die das aufnehmen wollen. Ich weiß nicht, ob denen das gelingt. Wahrscheinlich haben sie bereits ein Band voll und es ist schon einer mit dem Motorrad los, um das Band in den Radios zu verteilen.

Ich trinke mal noch einen Schluck. Das ist so lecker, der Sprudel. Wahrscheinlich, weil er durchsichtig ist. Was hast du denn da? Du klaust doch kein Kabel hier, oder? Der geheimnisvolle Kabelklau. Guten Tag, ich hätte gerne ein Kilo Kabelklau.

Richter Salesch ist gut. Wenn man Richter werden will, kann man davon etwas lernen. Wie man sich kleidet, wie man die Haare macht. Dann gibt es die Wohnungssache, wo die Dicke einem die Wohnung macht. Marienhof, Lindenklinik, Schwarzwaldstraße, Klinik unter Träumen, Palmenallee – das sind Serien. Da wird einem anschaulich vorgespielt, wie das Leben eigentlich wäre, wenn es uns alle nicht gäbe. Wenn es nur die im Fernsehen gäbe mit ihren Eifersüchteleien und dem Poppen. Das muss immer dabei sein. Also, verstehen tu ich's nicht.

Eine Sendung ist noch ganz gut, das ist so ein Quiz mit einer Frau, die bis auf einen Tanga aus Wildleder nichts anhat – vielleicht gebraucht gekauft, der ist hinten schon ein bisschen verknuspelt. Die kriegt man ja billig. In der Diakonie kann man Sachen auch so kaufen. Und dann steht die da und sagt: »Drei Tiere aus Gulasch«. Der Busen ist offen gelegt. Da kann man gucken, wenn man will. Aber Busen ist im Fernsehen ja schon so oft zu sehen, hach.

Und dann steht die da: »Wann ruft denn einer an? Wann ruft denn einer an? Traut euch! Traut euch, ihr geilen Kerle!« Ich weiß überhaupt nicht, warum man geil sein muss, wenn man Tiere rät.

Und dann rufen sie an: »Guten Tach. Hier ist der Horst. Eichelhäher.«

»Oh, oh, oh, da muss ich eben in der Regie anrufen, ob das in Gulasch drin ist. Ja, Herr Regisseur. Nein, tut mir leid. Nicht drin. Hau ab, du Arsch.« Und aufgelegt.

Kommt ja keiner dahinter, dass in dem Gulasch auch drei gleiche Tiere sein könnten. Da wurde abgefragt: dreimal Rind. Das war ein Rindergulasch mit drei Rindern. Das ist auch für ein Kind ein befremdendes Gefühl, wenn es die Mutter nebenbei in der Küche arbeiten sieht, nachdem sie gesagt hatte, sie gehe mal eben einkaufen.

Pete Yorck

Mensch, Rudi, super! Das sind ja zwei musikalische Welten! Moderne, Neuzeit und Uralt. Das Instrument ist aus der Antike, das ist ja älter wie du! Noch mal Applaus für Rudi! Ein tolles Instrument – hoppla –, oh, jetzt ist ein Kratzer drauf.

Macht nichts, ist ja ein altes Instrument. 1956 neu gekauft, oder? In Göttingen. Ist das mit der Post gekommen? Wahnsinn, die Briefträger damals. Wenn da mal zehn Leute einen Kontrabass bestellt haben, sind die mit den Briefen, wo die Bässe drin waren, losgezogen.

Heute ist das anders. Ich habe sechs, sieben Briefträger, die zu mir kommen. Das meiste ist Reklame. Einer ist dabei, der hat schwarze Sachen an und einen schwarzen Zylinder auf. Der geht immer aufs Dach. Er nennt sich Schornsteinfeger. Das ist ja mal eine Art von Briefträgerei.

Das nächste Lied ist für unseren Schlagzeuger geschrieben. Pete, it is for you. Unser Honigkuchenpferd. Das sagt man, wenn jemand besonders nett ist: Er grinst wie ein Honigkuchenpferd. Das ist ganz normale deutsche Sprache. Das ist wie in Englisch: »Yeeeah« oder »C'mon, c'mon« oder

»Fuck off«. Jetzt denken die Leute immer: Boah, der Pete York ist dabei. Sagenhaft, das ist doch eine Legende. Lebt der noch? Viele aus der Ära sind ja schon gestorben. Und: Der ist doch bestimmt steinreich. Der ist doch reicher wie alle andern. Der fährt bestimmt einen Rolls-Royce mit Chauffeur oder Chauffeurin, hat ein riesiges Grundstück mit Damwild, schöne Sachen anzuziehen, einen Swimmingpool mit Dach im Garten – bei schönem Wetter: Dach weg – und mehrere Übe-Räume für alle Hobbys, die er hat. Das ist ja nicht nur Schlagzeug-Spielen, womit ein Popmusiker zu tun hat, sondern auch viele andere Sachen. Er hat zum Beispiel ein schönes Hobby, das er zwar nicht mehr bezahlen kann, aber dazu später: Briefmarken sammeln. Das ist sehr teuer. Es gibt Briefmarken, die kosten mittlerweile einen ganzen Euro! Oder eins zwanzig. Da will man einfach nicht mehr mitmachen.

Jetzt denkt man: Mann, das viele Geld, und wahrscheinlich sogar eine eigene Frau, das ist ja Wahnsinn. Aber nein: Das viele Geld hat Pete York in seine Frisur gesteckt. Die ganzen Jahre, seitdem er Schlagzeuger ist, muss die Frisur sitzen. Nach jedem Schlagzeug-Solo darf kein Haar anders liegen als vorher. Es muss aussehen wie gemalt. Wer zweimal am Tag zum Friseur geht, weiß, was das kostet.

Meine Damen und Herren, Pete York ist in dem nun folgenden Stück verewigt mit einem Schlagzeug-Solo. Wir gehen dann von der Bühne, er ist dann alleine mit euch, und wir hoffen, dass es euch gefällt. Er hat immer Wahnsinns-Applaus bekommen, nachher, wenn das Stück zu Ende war. Meine Damen und Herren: Pete York!

Idole

Es gibt heutzutage nur noch wenige Idole. Aus der Sportwelt haben sich die Idole ein bisschen verflüchtigt. Denken wir an die Radfahrer, die durch Urinbetrug – durch falschen Urin, den sie in der Kurve einfach in die Leute reingemacht haben – unangenehm aufgefallen sind.

Oder denken wir an das Skifliegen, wo Doping, denkt man, eigentlich gar nicht möglich ist. Aber auch dort sind Athleten erwischt worden. Die nehmen Leuchtgaskapseln, zerbeißen die, und dann blähen die auf und fliegen und fliegen und fliegen.

Und der Reporter steht unten mit Pudelmütze und Kopfhörer: »Da fliegt er hin!« Ja. Weg ist er. Noch schlimmer: »Er fliegt bereits über die Vierhundert-Meter-Marke hinweg. Er ist weit über das Wettbewerbsgelände hinweggeflogen. Dafür gibt es Punktabzug.« Das ist ja grotesk: Er fliegt eigentlich sehr gut, aber der Punkt ist weg, weil er eben nicht in dem Gelände geblieben, sondern über diese von Menschen gemachte Grenze geflogen ist.

Und so fliegt er daher und sieht unten eine Gruppe von

Kindergartenkindern, die gerade Wandertag haben und im Wald Schnecken gucken oder Pilze für die Eltern sammeln. Die Kinder haben alle kalte Füße und jammern und die Eltern rauchend daneben: »Reiß dich zusammen!« Die Kinder haben keine Schuhe, aber die Eltern eine Stange Lord in der Tasche. Die Kindergärtnerin geht o-beinig vor – total verfickt. Seitdem sie mit ihrem Freund Schluss hat, fickt sie mit dem viel besser. Mit ihrer Netzstrumpfhose geht sie daher, auf ihrem Minirock ist ein senffarbener Fleck. Sie hat den ganzen letzten Abend in einer Kneipe auf dem Barhocker gesessen und nicht gemerkt, dass ein Schälchen mit Wurstresten und Senf da gestanden hat. Sie ist unzufrieden und auch am Rauchen – mit den Kindern kann sie nichts anfangen, die sind nicht auf ihrer Wellenlänge. Die erzählen nur Kinderscheiß: »Hast du gestern Prinzessin Lillifee gesehen?« – Da kann die natürlich nichts mit anfangen.

Und dann platzt der Typ da oben. Die Einzelteile fallen runter, die Zunge landet, wie es der Zufall will, im Schritt der Kindergärtnerin, und es sieht so aus, als wäre der das ganz recht.

Ja. Idole gibt es kaum noch. Für Männer gibt es mehr Idole als für Frauen. Meine Idole sind ganz klar Goethe, Kant, Schiller, Lessing, Hegel, Heine, Schubert, Schumann, Beethoven, Bach und so weiter. Für die Frauen bleiben kaum noch Idole über. Oder nur ganz wenige. Nur ganz, ganz, ganz wenige: Kermit … Und damit erschöpft es sich auch schon.

Was ist das denn? Hallo? Hey! Da ist doch jemand! Nee, doch nicht. Ich dachte, da würde Peter Maffay von mir abgucken.

Johannes Heesters hat mich heute im Alter von 105 Jahren noch einmal angerufen und schöne Grüße übermitteln lassen. Er kann leider hier nicht auftreten, weil es hier oben kein Gestell gibt, an dem man das Drahtseil einklinken kann, mit dem er über die Bühne gezogen wird. Das ist ein Typ. Seine Frau hat sich das alles sicher ein bisschen anders vorgestellt.

Deine auch, oder, Rudi? Nein, das ist jetzt frauenfeindlich. Wie kann man bloß so tief sinken? So, ich setze mal meine Brille wieder auf. Als ich hier mit der Glatze auf die Bühne kam, habt ihr sicher erst einmal gedacht: Was ist das denn für einer? Das ist der doch gar nicht! Sind wir im falschen Konzert? Ist das jetzt doch heute hier Kurt Masur? Nein, der tritt in Essen auf. Das ist ein Dirigent. Ich schätze ihn sehr, er ist ein werter Kollege. Ich habe dort in der Garderobe aus Versehen meine Unterhose liegen lassen, und entweder er hat die jetzt an oder Anne-Sophie Mutter. So kann man Land und Leute auch kennenlernen.

Es macht uns sehr viel Spaß, ich merke das. Ich habe eben über Ohrhörer die anderen Kollegen abgehört. Wir sind ja alle über Interkom miteinander verbunden. Es macht ihnen sehr viel Spaß, hier aufzutreten. Auch heute wieder, am Samstag. Wir sind mittlerweile im fünfzehnten oder siebzehnten Jahr – es kann auch das dreizehnte sein –, im zwölften Jahr oder im achtzehnten vielleicht. Ich weiß nicht, wann wir hier in Köln das erste Mal aufgetreten sind. Ich weiß nur, ich habe mich jahrelang dagegen gesträubt. Aber dadurch, dass ihr hierhin gekommen seid, ist dann alles ganz anders geworden. Ich habe mich gesträubt, weil ich überhaupt nicht auftreten wollte. Ich wollte einfach reich werden, ohne etwas zu tun.

Im Oma-Café

Ich will mal kurz zeigen, wie ich angefangen habe mit meiner Carreer. So ähnlich wie Udo Jürgens. Er hat sich ja angeblich die Finger in Pianobars blutig gespielt. Wahrscheinlich war das aber damals schon Play-back.

Ich habe für 25 Mark und ein freies Essen am Nachmittag im Café Bernd in Duisburg gespielt. Da gab's Saure Nierchen im Reisrand oder auch mal Hühnerfrikassee oder Gordon Blue, also sehr schöne Sachen. Und dann saß ich dort am Klavier, wie jetzt hier auch, und habe gespielt.

Da waren nur Omas. Viele Omas saßen da.

»Hmm, lecker der Kuchen. War wieder sehr lecker hier heute. Die haben sich echt Mühe gegeben mit dem Mürbeteig, nicht wahr?«

»Ja, finde ich auch. Ich hab ja hier dieses Aprikosenschnittchen. Das ist wirklich nicht schlecht. Das ist viel, viel besser wie bei Sander in Mülheim.«

»Ja, finde ich auch. Hör mal, du siehst super aus. Du hast eine schöne Frisur. Warst du beim Friseur?«

»Ja. Mein Mann hat mir vor sechs Monaten einen Termin

für heute gemacht. Ich war heute Morgen um sieben Uhr da und sie war bereits um sechzehn Uhr fertig. Sonst hätte ich jetzt hier nicht hinkommen können, Gertrud.«

»Sehr schön auch der lila Stich. Steht dir gut.«

»Du hast ja auch einen lila Stich.«

»Ja. Wir haben alle lila Stich. So, dann wollen wir mal die Rommee-Karten auspacken. Was ist denn mit dem Mann da am Klavier? Spielt der denn, der Junge? Der sieht aber gut aus! Topfigur. Da kann man Arnold Schwarzenegger für wegschmeißen, Gertrud.«

»Ja, finde ich richtig. Und was für ein tolles Gesicht er hat! Und erst die Haare! Und, guck mal, der Pillemann! Hoch …«

Gerade die Omas sind ja immer so ein bisschen … Und da habe ich gespielt, ich wusste es ja nicht besser, und dachte, Smoke on the Water wäre gut.

»Oh nö, ach nee. Chhhrrr. Mir ist der Kuchen im Hals stecken geblieben. Hilfe! Hilf mir, Gertrud!«

»Warte, ich helfe dir. Wir ziehen den Ziehharmonika-Hals auseinander, dann rutscht der Kuchen besser. Spielen Sie doch mal was Vernünftiges! Das ist ja eine Unverschämtheit!«

Also habe ich »Ballade pour Adeline« gespielt.

»Oh, da schmeckt der Kuchen gleich viel besser! Hm, lecker, jetzt rutscht der endlich. Schön, junger Mann, das ist ja Neues aus dem Kleiderschrank, was Sie da spielen. Kommen Sie mich doch mal besuchen.«

Zu der Zeit habe ich viele Erbschaften gemacht.

Beethoven (5)

Beethoven hat ausschließlich für Frauen komponiert, wie aus seinen Büchern hervorgeht. Ich habe hier eine Sonate mit. Sie heißt »Sonta quasi una fantasia«, also so eine Art Fantasie. Er hat sie einer Gräfin gewidmet, deren Name nicht bekannt werden darf. Nachher, als die schon längst tot war, ist die Sonate als »Mondscheinsonate« bekannt geworden. Und in jedem Altenstift wird es einen geben, der sie auf dem alten Klavier unten in der Mensa oder in der Cafeteria spielen kann.

Ich spiele das jetzt mal so, wie Beethoven das damals komponiert hat. Das war 1801, also genau vor zweihundertdreizehn Jahren. Ich kann rechnen! Er war ja dafür bekannt, dass er den ganzen Tag auf dem Markt nach Möhren und Erbsen und Champignons, aber auch Bürsten guckte – Waschmittel gab es damals noch nicht auf dem Markt, aber es gab Kurzwaren und Langwaren. Autos gab es damals noch nicht, sonst hätte es auf dem Markt auch Autoteile gegeben – Kotflügel und so weiter, aber das gab es damals nicht und gibt es heute immer noch nicht.

Er wollte ausschließlich nachts komponieren, damit es eine Nocturne wird. Das kommt aus dem Französischen, also Nocktürn oder Nockturne. »I like Schopeng« gibt es auch, von Alfaville, glaube ich. Nein, von denen ist »Big in Japan«.

Auf jeden Fall spiele ich jetzt Ludwig Beethoven. Das van war nur dazugemacht, der hieß gar nicht van. Der hieß »wän«. In Bonn geboren von einer Mutter, hat er sich in der Musikwelt durchgesetzt. Er war für damalige Verhältnisse wie heute Justin Bieber oder Geschwister Leismann oder vielleicht Ireen Sheer, die dieses Jahr, glaube ich, neunzig wird und wieder auf Tournee geht. Da macht sich ihr Vertrag bezahlt. Tina Turner hat den gleichen Vertrag, ein Sponsorvertrag vom Sanitätshaus Luttermann in Mülheim. Da gehe ich auch immer hin, wenn die beiden auf Tournee gehen, aber die gehen in anderen geschlossenen Räumen auf Tour. Der Geruch ist ja ganz wichtig, gerade bei Livekonzerten, damit eine Atmosphäre herrscht.

Ich tu jetzt also so, als wäre ich Beethoven. Ihr könnt mich nur von hinten sehen, aber ich kann mich einmal kurz umdrehen. So. Ich komme jetzt aus dem Badezimmer – Beethoven hatte ja viele Pickel gehabt. Abends hat der sich mit Clerasil und einem Schrubber das Gesicht gerubbelt. Total gerötet kam er dann in seinem Bademantel, ging zum Klavier und hat komponiert.

Die Erde ist rund (1)

Die Erde ist rund, hat man uns in der Schule beigebracht, und das stimmt, das ist richtig. Ich habe es selber ausprobiert: Wenn man auf der Autobahn fährt, kann man das Ende der Autobahn nicht sehen. Da heißt, es ist hinter dem Knick. Das nennt man Horizont. Den Horizont gibt es noch nicht lange. Die Erde gibt es erst seit ein paar Milliarden Jahren.

Für unsere Zeitbegriffe ist das viel, aber für viele andere ist das wenig. Für die Wissenschaftler ist es zum Beispiel ganz wenig. Die Erde ist noch jung – rülps – oh, Entschuldigung. Das war die Frikadelle aus Duisburg von vor zwei Wochen. Da hatten wir einen Auftritt, vor dem ich eine Frikadelle hatte. Jetzt hat sie sich endlich mal bemerkbar gemacht. Kann schon mal passieren. Und das hier in der Gruga-Halle.

Wo war ich stehen geblieben? Ich meine, hier. Hier ist so ein Pfeil eingezeichnet. Da kann ich mir richtig vorstellen, wie die großen Stars hier aufgetreten sind. Da hat der Johannes Heesters gedacht: Hier muss ich stehen. Der ist praktisch an einem Drahtseil dorthin geführt worden, und dann hat der da gestanden. Das ist schon traurig gewesen, dass er auch zwanzig Jahre nach seinem Tod immer noch auftreten muss. Das ist eine Zumutung für alle Beteiligten. Und dann noch live. Bei Udo Jürgens ist das anders, da ist ja alles Vollplay-back. Das ist ja nicht schlimm. Den habe ich neulich im Fernsehen gesehen. Ich denke, ich sehe nicht recht: Wie? Lebt der noch? Ich dachte, da steht eine Tasche auf dem Flügel.

Ich habe also Fernsehen geguckt. Ich wollte zuerst die Geissens sehen, aber die waren nicht da. Die haben wahrscheinlich geschlafen. Die werden ja nicht immer gefilmt. Da habe ich zufällig Beckmann gesehen und gedacht: Oh, Alf bei Beckmann! Kennt ihr den noch? »Jo ho ho horrr …« Ich dachte: Das kann doch nicht sein! Wie kann der sich mit Alf unterhalten? Alf ist doch ein Fabelwesen, ein Fantasy-Serien-Held! Das ist doch eine Puppe! Und dann wurde auf einmal ein Name eingeblendet: Peter Maffay. Ich dachte, ich sehe nicht recht. Der lebt auch noch? Der hat am selben Tag Geburtstag wie ich, sieht aber ganz anders aus. Sehr, sehr verlebt. Das macht der Rock. Wer den ganzen Tag im Rock rumrennt wie unser Kanzler, der sieht auch ziemlich durchlebt aus. Wie nach einer durchfeierten Rocknacht.

Tee! Sitz nicht untätig! Untätiger! Ja, nach der Tournee wieder hartzen! Wie ihr auch, nehme ich an, oder? Ganz Essen im Hartz-Fieber. Der Unterschied zwischen Arm und Reich ist meines Erachtens noch viel zu hoch – wenn man Milliarden besitzt, wie ich.

Die Erde ist rund (2)

Also, die Erde war früher gar nicht rund. Das war nur eine Scheibe oder ein eckiger Klumpatsch, durch mehrere Kometen geformt, und dann haben die Dinosaurier die Erde rund geleckt. Daher kommt der Ausdruck »jetzt wollen wir mal die Sache rund lecken«. Dann war die Eiszeit. Für die Kinder eine schöne Sache – aber nur Fürst Pückler! Also Erdbeer, Vanille, Schokolade.

Wer lachen will, kann. Das sind so Sachen, die ich immer erzähle. Die sind wirklich wahr. Die Realität ist manchmal wirklich lustiger wie ein Witz.

Jetzt machen wir einen Sprung ins Mittelalter direkt zum Kölner Dom und hierhin nach Essen in die Jetztzeit. Der Sprung war gewagt, aber hier befinden wir uns jetzt.

Schönheitsoperationen

Ich möchte über Schönheitsoperationen sprechen. Früher haben viele gedacht: Das geht gar nicht, ich kann kein anderes Gesicht haben. Dann hat eines Morgens einer in den Spiegel geguckt und gedacht: Hmm, hier könnte ich mit Filzstift etwas verschönern. Er hat sich auch die Lippen etwas aufspritzen lassen. Das geht ganz einfach: Die Lippen werden um ein Würstchen gedreht, und dann wird das zusammengeklebt. Man muss natürlich neu sprechen lernen. Wenn man dann in der Pommesbude in der Schlange steht und drankommt, sagt man erst mal: »Gu pa. Eibo bopoppopo. Bopa. Bei be boppepopio Pobip bip bapobebe ob pobe.« Also eine Doppelportion Pommes Fittes mit Majonäse und Soße. Oder – auch schwer zu verstehen: »Ei Babip ob eib Bäbeb Babab«. Ein Schaschlik und ein Schälchen Salat. Oder beim Friseur: »Beibab Bapob Purb«. Einmal Fasson kurz. Ist ja jetzt Mode.

Man kann sich sein Gesicht also selber operieren. Morgens Anlauf nehmen, mit dem Kopf vor den Spiegelschrank rennen, dann hat man schon ein plattes Gesicht.

Brustvergrößerung kann man auch machen lassen. Meistens bezahlen das die Männer den Frauen. Die geben denen fünfzig Mark mit, und dann gehen die zum Arzt. Das ist meist ein niedergelassener Arzt, ein ganz niederträchtiger Bursche. Der hat eine olle Garage, da werden Brustvergrößerungen drin gemacht. Das ist nicht so schlimm, das tut gar nicht so weh. Man wird erst mal mit Alkohol oder Enzian betäubt, und dann wird ein dreißig, vierzig Zentimeter langer Schnitt gemacht. Die Brust wird aufgeklappt, es kommt Holzwolle rein, und mit der Rundnadel, also einer Ahle, wieder zugenäht. Wenn der Mann eine Stimme will, dass also die Frau auch mal etwas sagt, kriegt die noch eine Stimme reinoperiert: entweder »Muuuh« oder »Määäh«.

So kommt es, dass die Nachbarn, die unten drunter wohnen, sich immer beschweren: »Was ist denn da oben immer los? Wir rufen gleich die Polizei! Da wohnt ein Perverser, der spielt die ganze Nacht mit dem Teddy rum!«

Von einer Brustverlängerung kann ich aber nur abraten. Das ist sehr, sehr, sehr unangenehm. Wenn man beispielsweise in einem Radrenn-Klub arbeitet und gerade am Wochenende die Brustverlängerung gemacht hat. Dann radelt man hier nach Werden den langen Berg runter, und auf einmal verfängt man sich in der Kette, weil da ja kein Kettenschutz dran ist. Da hat man schon Fälle gesehen, da ist einer – nein, eine … das sind ja Frauen. Obwohl, Männer können das auch machen. Das sieht zwar komisch aus, aber na ja … die ist vierhundertmal völlig durchgedreht worden und war tot. Was will man machen?

Ein schönes Lied, »Ich bin der Schönheitschirurg von

Banania«, dann macht die Band wieder ein paar Solae. Ich freue mich schon drauf. Ich setze mich mal ans Klafünf. Jaaa, ein Gag jagt den anderen ... und sagt: »Hab ich dich!«

Verabschiedung

Es hat mir viel Freude bereitet, hier heute in der Gruga-Halle aufzutreten. Ich freue mich schon auf den Sommer, dann gehe ich hier ins Wellenbad. Die haben auch einen Zehner. Bin ich schon ein paarmal von gesprungen. Ich denke, irgendwann im Winter war das, da war zu, und ich dachte: Och, springe ich trotzdem. Und dann war da kein Wasser drin! Boah, da hab ich mir während des Sprungs noch überlegt: Ja, so kann's kommen, ne.

Wenn ich nach dieser Tournee in den Urlaub gehe, fahre ich nach Acapulco und verdiene mir mein Taschengeld mit Felsenspringen. Das habe ich früher schon mal gemacht. Da muss man genau wissen, wann die Welle kommt. Man darf nie hinter die Welle springen. Du musst vor die Welle, und in dem Moment, wo man da reinspringt, ist es tief. Ansonsten sieht man den Meeresboden und klatscht da drauf. Das ist sehr gefährlich. Ich würde es an eurer Stelle nicht nachmachen, was ich da mache.

Es gibt auch andere gefährliche Sportarten, wie zum Beispiel Bogenfechten, nein -schießen. Das ist in der Wohnung

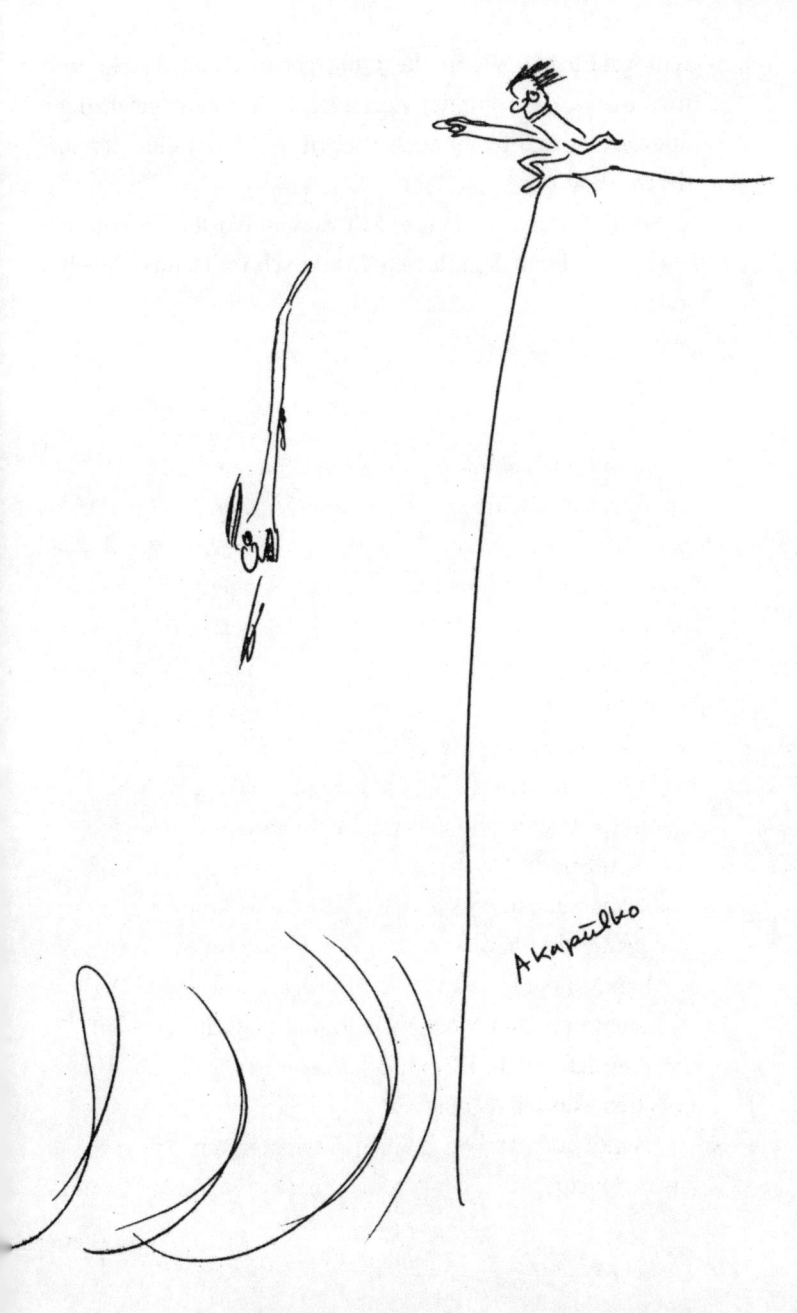

sehr gefährlich. Wenn die Oma genau danebensteht und man denkt, das wäre der Zerrspiegel. Eine ganz gefährliche Sportart ist und bleibt auch Ringen, wenn der eine den anderen bekämpft.

So. Das war's für heute. Mit diesen Worten möchte ich euch in die Freiheit entlassen. Danke schön. Tschüss. Macht's gut.

Danke

Ich bedanke mich in exzessiver Form bei meinem Fanklubalterspräsidenten Phil Friederichs, bei meinem Fanklubpräsidenten Martin Heinzinger und bei meinem intelligenten Privatsekretär Andreas Becker.

Helge Schneider. Satan Loco. Roman. Taschenbuch.
Verfügbar auch als eBook

Endlich – Millionen von Fans des größten Kriminalisten aller Zeiten atmen auf: Kommissar Schneider reloaded! Doch es ist der schwerste und komplizierteste Fall seiner Karriere »ohne Zeugen und anscheinend auch ohne bisherige Tat«. Wer ist dieser geheimnisvolle apokalyptische Reiter auf seiner Harley-Davidson, der ruhelos die Sierra Nevada durchstreift? Werden sich die Pfade dieser letzten beiden einsamen Helden unserer Zeit kreuzen?

Weitere Kommissar-Schneider-Romane:

Zieh dich aus, du alte Hippe. Kommissar Schneiders erster Fall. Taschenbuch. Verfügbar auch als eBook

Der Scheich mit der Hundehaarallergie. Kommissar Schneider flippt extrem aus. Taschenbuch. Verfügbar auch als eBook

Der Mörder mit der Strumpfhose. Kommissar Schneider wird zum Elch. Taschenbuch. Verfügbar auch als eBook

Aprikose, Banane, Erdbeer. Kommissar Schneider und die Satanskralle von Singapur. Taschenbuch. Verfügbar auch als eBook

Das scharlachrote Kampfhuhn. Kommissar Schneiders letzter Fall. Taschenbuch. Verfügbar auch als eBook

Leseproben und mehr unter www.kiwi-verlag.de

Weitere Titel von Helge Schneider bei Kiepenheuer & Witsch

Die Memoiren des Rodriguez Faszanatas. Bekenntnisse eines Heiratsschwindlers. Taschenbuch. Verfügbar auch als eBook

Eine Liebe im Sechsachteltakt. Der große abgeschlossene Schicksalsroman von Robert Fork. Taschenbuch. Verfügbar auch als eBook

Eiersalat. Eine Frau geht seinen Weg. Taschenbuch. Verfügbar auch als eBook

Globus Dei. Vom Nordpol bis Patagonien. Ein Expeditionsroman. Taschenbuch. Verfügbar auch als eBook

Leseproben und mehr unter www.kiwi-verlag.de

SAMMLUNG SCHNEIDER

zum 60.
alle Tonträger
in
2 Boxen

Hörbücher & Hörspiele
10 MP3-CDs | Klapp-Box
ISBN 978-3-86484-304-4

Alle Hörbücher und Hörspiele
von 1991 - 2011, plus 240 Min.
Bonusmaterial:
· Lesung *Zieh Dich aus du alte Hippe*
  LIVE (1994)
· unveröffentlichte LIVE-Erzählungen
  (1996 - 2013)
· *Die 4 wichtigsten Sätze der
  Menschheit*
Inkl. 80-seitiges Booklet
Von Helge bearbeitete Cover

Musik & Live-Shows
21 Audio CDs | Klapp-Box
ISBN 978-3-86484-303-7

Alle Alben von 1990 - 2014,
plus 150 Min. Bonusmaterial:
· Helges erste Platte *IKEA* (1975)
· LIVE-Konzert *Kampf im Weltall*
  (Würselen, 2006)
· *Helge interviewt sich selbst* (1998)
· Unveröffentlichte LIVE-Mitschnitte
  (1996 - 2007)
Inkl. 100-seitiges Booklet
Von Helge bearbeitete Cover

Auf jeweils 3.000 Exemplare limitierte Edition

www.roofmusic.de